距離太近，關係太遠的十七歲

2

久遠侑 Yu Kudo

illustration 和遙キナ Kina Kazuharu

Kadokawa Fantastic Novels

距離太近，關係太遠的十七歲 2

Contents

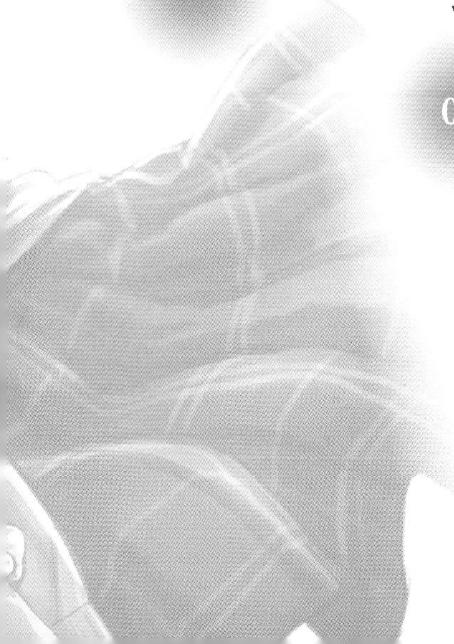

插畫 和遙キナ

第一章　在梅雨季過後

打從社團活動開始過了三個小時，下午的太陽就要西沉。到了傍晚陽光趨弱，終於吹起了涼爽的風，因此感覺體力上也變得輕鬆許多，但以比賽形式進行練習的團員們動作已變得相當遲鈍。看起來是因為炎熱相當疲乏的樣子。

梅雨季過去，連日以來氣溫都超過三十度。地表好似燒焦一般泛白又乾巴巴，操場上乾燥的沙塵在飛揚，遠遠望去像是由於熱氣在搖曳。

長長的哨聲響起。由梨子坐在板凳上含著哨子。朝校舍的時鐘望去，時間恰好是六點整。

這下子這天的練習課表就結束了。我們大家會各自做練習後的伸展運動，所以許多社員們當場坐了下來，開始伸直雙腳。我也把手放在腰際保持不動，調整紊亂的呼吸。汗珠自下顎尖端滴落，讓操場的沙地上多了一團小小的黑斑。我停下腳步不久以後，總覺得不管是小腿肚也好、大腿也好，現在仍舊傳來幾乎要抽筋的沉重疲勞感。

「喂，趕快把那個脫掉啦。」

混在一片蟬叫聲中，我不經意聽見了由梨子的聲音。

一回頭只見她單手提著練習背心的袋子站在那裡。白色訓練衣捲上肩頭，脖子上掛著哨子。襪子脫到腳踝，穿著的白色釘鞋鞋帶也鬆開了。後腦杓綁不起來的頭髮被汗水弄濕，變成一束束黏在脖子上。

「……喔，對不起。」

我脫掉練習背心遞給了她。遞出去的時候我感受到練習背心上的汗漬，對那多少有點在意，不過由梨子隨意抓住就一把塞進袋子裡。然後在我以為她會就這麼轉身走掉的時候，她開口道：

「我說啊。」

「……幹嘛？」

我開口回覆，由梨子則是稍微清了清喉嚨繼續說：

「今天我有些事要對你說。你先不要回家，在停車場那邊等我。」

我的視線不由自主投向由梨子的臉龐。她臉上毫無表情。對話停頓了片刻之後，她的表情沒有變化，迎向我的視線。

「……現在不行嗎？」

「嗯——並不是什麼奇怪的事啦。」

由梨子點了下頭，接著匆匆忙忙地走向其他社員那邊。

☆　☆　☆

持續受熱一整天的柏油路冒出的熱氣，使得周遭的空氣為之搖晃。即使超過六點，天空依然是一片紅，暮蟬的叫聲響遍周遭，到會讓人覺得吵的地步。

從梅雨季結束以後到今天為止，我跟由梨子之間幾乎沒有對話，也沒有一起回家。然而這天的回家路上，由梨子卻像以前一樣，一舉一動都很親切。甚至讓我覺得，這一個星期以來散發出的尷尬氛圍都是我的錯覺，她用輕鬆的口氣跟我談論暑假和成績的事。

一進入我們居住的住宅區，由梨子忽然對我說「等我一下」，她把腳踏車停在一間小小的肉舖前，從書包裡拿出錢包，進到店裡以後，可能是認識的人吧，她跟櫃檯的阿姨開始聊天。在那段期間，由梨子也露出跟從前一樣開朗的笑容。

沒過多久她拿著個袋口折起來的紙袋回來了。

「讓你久等了。」

「……嗯。妳買了什麼？」

「今天晚餐的材料。剛才來了通知，是媽媽拜託我的。有那個跟這個。」
話說完她就從袋子裡拿出了一塊炸得酥酥的可樂餅。可樂餅的下半邊用白紙包著。
「這裡的很好吃喔。雖然我也是最近才知道的。」
由梨子大口咬下。
「健一你也要嚐嚐嗎？」
由梨子說著便將吃到一半的可樂餅遞給我。
「不用了，沒關係。」
「你用不著客氣，儘管大口吃吧。」由梨子用力把可樂餅往我這邊塞。
「你是怎麼了？這個很好吃喔。」
「你看你看。」像在餵食小狗或小貓那般，她在我面前稍稍晃動它。
我瞧向她的神情。由梨子露出調皮的微笑。
我心想太過於介意也不好。
以前跟她吵過好幾次架、彼此變得尷尬的時候，也總是像這樣，在不知不覺間和好如初。
我這麼想著接了過來，只咬下一口。也許是因為剛起鍋，不僅酥脆又有嚼勁，燙到必須讓可樂餅在嘴裡打轉，越嚼肉汁就越是噴發出來。

「確實很好吃。」

我吞下可樂餅那樣說道。「就說吧～」隨後由梨子掛起似乎很滿意的表情。

「這個居然只要五十圓。」

「好便宜。」

「對吧。」

在進行這種對話的途中，由梨子咀嚼起剩下的可樂餅，跟著將紙袋塞進包包裡，再次跨上了踏板。

「走吧。」

「嗯。」

她點點頭，我們再一次在路上前進。總覺得話哽在喉嚨裡，但我還是下定決心說了聲：「所以……」

「妳剛才說的事，是指什麼？」

跟著由梨子用假裝回想起忘記的事那種佯裝糊塗的感覺應了聲「嗯」。

「我下次可能會去你家過夜。可以嗎？」

她的語氣輕快。我們之間的氣氛像回到從前的那種安心感，還有因為由梨子的口氣太過自然，害我差點就下意識說出「可以啊」。但我理解到那句話後，帶著慢了一拍終於到來的驚訝情緒反問她。

「什麼？妳剛剛說什麼？」

隨後由梨子嘖了一聲。

「我要跟和泉同學一起玩。當然晚上我也會睡她的房間。你在著急什麼啊。」

說出那些話的由梨子，用傻眼的冷淡眼神望向我。

「……妳跟和泉有做過那種約定嗎？」

「嗯。前陣子我聯絡她，她說只要健一跟阿姨答應就可以。」

「……這樣啊。」

「所以說到底怎樣啦。我去會造成你的困擾嗎？」

「是不會。」

「那我下次就打電話給阿姨。請多關照嘍。」

不久後到了由梨子的家門前。她說了句再見，接著從腳踏車下來進了家裡。她微捲的髮絲輕飄飄地搖來晃去。

以前她就像是我的手足一般，我自以為對她的事無所不知。由於親哥哥和我相差六歲，反倒是跟我同年的由梨子，感覺和我更親近。可是自從那天以後，她究竟在想些什麼，如今我完全不明白。

☆ ☆ ☆

家裡的大門還鎖著，和泉似乎還沒回來。我開鎖進入家裡，直接前往我位於二樓的房間。

我把隨身物品放在地板，倒在自己的床上。床單感覺涼涼的，對於從今天起一個月以上的期間不用上課，我感到不可思議。從明天起不必每天早上早起，遙不可及的暑假如今就在眼前，第二學期開始以後的一個月，還以為永遠都到達不了。我忽然有種自己被丟進遼闊空間的那種無事可做的感覺。

我橫躺在床上只伸出手，從放在床下的書包裡拿出文件夾，再次凝望夾在裡頭的通知表。在十階段評分中，占據欄位的大致上都是七、八分。雖然不差，但因為我們學校絕對不是水準很高的升學學校，就這個數字倘若要上大學的話，得再努力一把才行。聽說高二的夏天很重要，想到前途就感到心情有點憂鬱。

我將通知表放回文件夾裡，嘆了口氣。接著口袋裡的手機震動起來。我一拿起看向螢幕，是媽媽寄來的郵件（媽媽聯絡我不會用社群軟體，而是使用郵件）。

看過後發現內容是希望我代替她出席晚上七點的居委會會議。很麻煩……我雖這麼想，不過只需出席聽講拿分發的東西回家就行，於是我回了句「我知道了」。一看時鐘已經超過七點，沒時間了，我便下床從制服改穿卡其褲和T恤出門。騎腳踏車五分鐘就能抵達目的地公民會館。

今天是天氣晴朗的日子，陽光還頑強地不肯消失，為浮在空中厚重的積雨雲染上淡淡的紅。

☆☆☆

就像媽媽說的，會議就只需要坐在位子上真是太好了。居委會長在閒話家常之餘，宣讀並說明關於夏日慶典準備步驟而分發下來的資料，大約一小時後就散會了。

縱然不過是那麼點時間，可是幾乎沒有熟人，我待得很不自在。

我心想終於能回家了，從位子上起身，匆匆大步走向傳來高齡者談天說笑話聲的公民會館出入口。因為是附近有保育林的地方，走到外面便飄來一陣夏日的青草味。太陽已經下山，附近已是一片漆黑。

我騎著腳踏車回家，在昏暗的路上，我發現和泉在漫步。

她穿著制服肩上揹著書包，單手拿著超市的袋子。修長的雙腳在黑暗的夜色當中受到附近的路燈照耀，看上去比往常更加白皙。

「和泉。」

我從後方向她搭話。她抬起頭「啊」了一聲，露出了小小的笑靨。

「我回來了。」

「歡迎回來。妳去了哪裡？」

「我去買晚餐的材料。先前伯母用郵件把清單傳給我了。」

和泉稍微提起塑膠袋回答我。

「──我幫妳拿東西吧。」

我一這麼說，和泉便停住不動，「咦，可是……」她的舉止看起來是在顧慮。

「放在車籃裡。」當我這麼說之後，「喔，原來如此。」她似乎能夠接受，便將塑膠袋遞給了我。我將袋子緩緩放進前面的籃子裡。

「健一你也是出了趟門正要回家嗎？」

「嗯，媽媽拜託我代替她參加居委會的會議──看來她是把工作分攤給我們幫她的忙了。我是會議，而妳是購物。」

「不愧是做管理階層的呢。」和泉說了不明所以的話。
「會議都做了些什麼呢？」
「在說明這個。妳要看嗎？」
我將收到的分發資料遞給和泉。
「——夏日慶典？」
和泉的視線落在紙上說道。
「嗯。照這種狀況來看我們似乎也要幫忙，像是準備或是收拾之類的。」
我以厭煩的情緒開口，「好像很好玩。」隨後和泉不經意地如此低喃。
「不，這感覺很麻煩吧，天氣又很熱。」
言畢，她便用很有女孩子味的態度俏皮地笑著說「為什麼啊～」。經過一個月，她已經不像搬來那時那樣尷尬。雖說是親戚，卻有如陌生人那樣相隔遙遠的距離，變得近了許多。
拐了個彎，進入我們家所在的路上。接著有隻貓咪穿越道路而去。「啊，有貓咪。」和泉像在自言自語般低聲道，雙眼追蹤著貓咪的行蹤直到看不見為止。附近還沒換成ＬＥＤ式的舊路燈周遭，有蛾在飛舞。
我們默默無言走了一會兒，能聽見我用手推的腳踏車，鏈條發出輕微的嘰嘰聲。「那個……」此時和泉忽然用十分客氣的口氣開了話題。

「話說，森同學說下次想過來玩……」

冒出了由梨子的話題，讓我嚇了一跳。不過我努力不表現出動搖回答她。

「……嗯。我也從由梨子那邊聽說了。」

聽聞此言，和泉便掛起一抹柔和的笑容說了聲「這樣啊」。

「妳跟由梨子變得很要好了呢。」

「嗯。我們有打過幾次電話、傳過幾次ＬＩＮＥ——不過對不起，我自作主張聊到這種事……」

「不，沒關係。妳不必在意。畢竟那是由梨子開口的。」

言畢，停頓了一會兒之後，和泉只點點頭嗯了一聲。

在跟由梨子的關係變得微妙的現在，我發現跟和泉說話來得更輕鬆，嚇了一跳。

——明明跟她相遇才經過一個月又幾天的時間罷了。

回到家以後，我簡單做了晚餐跟和泉一起吃。之後她去洗澡，我則回到自己的房間。

即使在晚餐期間，我們的話題也是由梨子要來的事。和泉問了我諸如由梨子喜歡怎樣的食物，或是在學校是不是有很多朋友之類的事。

即使在房間裡一人獨處，注意力也會被拉到由梨子的事情上，一直在思考那傢伙的事。我橫躺在床上，凝視著天花板。

——就是這麼回事。

由梨子那時候確實那樣說過。

那傢伙是從什麼時候開始那樣子看待我的呢？我們明明不是那樣的關係才對，是從什麼時候開始改變了呢？

我不討厭由梨子。應該說我沒有考慮過是喜歡還是討厭。可是——

念國中的時候，我曾經對不是由梨子的其他同班女生有好感。假設那是戀愛感情的話，關於由梨子我至今不曾注意過那種事，也不曾對由梨子想入非非，總覺得跟那「有些不一樣」。

我無法想像跟由梨子以男女關係交往。我也不知道假如變成那樣，該做些什麼才好。要跟那傢伙手牽手一起走路嗎？要做一起吃午飯之類的那種事嗎？

一那麼想，就有種無以名狀的羞恥攪亂內心，讓我想在床上打滾。

此時手機短暫震動了下。我反射性想到說不定是由梨子而嚇了一跳，然而是和泉傳來的。社群軟體ＡＰＰ的對話畫面中，只寫了「我是里奈」。我抬起頭看著自己房間的白色牆壁。

和泉就在這個方向的幾公尺前方。明明只要稍微走幾步就能說上話，我心想她究竟是怎麼了。

『怎麼了？』

『難得交換聯絡方式了，卻一次都沒傳過，所以就傳傳看了。我剛剛洗好澡，你可以去洗了。今天我有試著放了前陣子跟伯母去香氛店買的入浴劑。』

接著我回了句「我知道了」。很快地，手機再次震動。

看見螢幕我感覺心臟彈起了一公分，太大意了，這次是由梨子傳來的。

『我想二十八日去健一你家，可以嗎？我會先徵得和泉同學還有阿姨的同意。』

我雙眼投向掛在牆上的日曆。

從那天到三十日為止都沒有社團活動，隔一天的二十九日有居委會的夏日慶典。換句話說，由梨子多半也會一起去吧。

我只打上一句「知道了」就放下手機。

隨後我前往浴室，脫衣間裡充滿入浴劑的柔和香味。

脫掉衣服，用香皂清洗身體，泡進浴缸裡。熱水的溫暖與柔和的香味輕盈地包圍身心。有種得到溫柔療癒的感覺。這種香味是和泉的香味。靠近她的時候也會輕盈地飄散出那樣的氣味，進入她房間的時候，她也有放香味柔和的芳香劑。

總覺得她的香味似乎隨著溫暖的熱水，一起沁入了我的全身。

☆　☆　☆

隔天暑假便開始了。

早上九點下樓到客廳時，明明是假日，和泉卻已經完全梳洗完畢。穿著短袖白T恤、黑色短褲，頭髮梳攏到一邊綁成馬尾。似乎是要出門去哪裡，她的腳邊立著來到我家那時揹的後背包。

「妳要出門嗎？」

我開口一問，和泉嗯一聲點了點頭。

「我打算去圖書館。」

「是去看書嗎？」

「應該說我想念書……不從第一天抓好步調，就會亂七八糟了。」

和泉用不知為何像在辯解的口氣，難以回答似的啟齒道。那個答案令人有些驚訝，不愧是就讀知名的升學學校。這麼有自覺的人，我想在我們學校幾乎沒有。

「妳真了不起。」

我不由得脫口而出，和泉則是搖搖頭說沒這回事。

「我只要讀書覺得膩了，也會聽聽音樂，並沒有念得那麼認真喔。」

「不過我的周遭沒有這種人。妳真厲害。」

「沒有啦。我都不得要領，如果我不慢慢地一點一點念，馬上就會被聰明伶俐的那群人拋在後頭。」

和泉話聲剛落，便從椅子上站了起來。

「我差不多該走了呢——對了，話說健一你午餐打算怎麼辦？」

「我還沒想……今天的社團活動是從下午開始，所以我就在家裡吃一吃吧。」

「那要我買點什麼回來嗎？愛子之前告訴我有間好吃的麵包店。」

「原來如此。」

「嗯。你有何打算？」

「那可以麻煩妳嗎？錢我之後再給妳。」

和泉說了聲「收到」以後，便揹起背包說「我出門了」離開了客廳。我聽見了她穿鞋的聲響，還有門開關的聲音。

暑假期間社團活動練習的頻率，大約是一個星期三天到四天。

今天也是從下午開始有社團活動，之後會跟由梨子碰面。

透明的陽光照入窗戶。我有種彷彿那些光芒將早晨微溫的空氣逐漸加溫的感覺。

☆　☆　☆

那天下午，我在練習前出現在操場上，獨自一人顛球之際，由梨子從背後拍了我一下說「你好」。擊球點因此出現偏差，球掉到了地面上。

「嚇死人了。」

一回首只見由梨子噗哧地笑了。橘也在她身邊，用往常的那種開朗表情朝我點了一下頭打招呼。

由梨子撿起我落下的球顛球，讓球在我腳邊輕輕飄起，站在我對面。我認為她應該是想一起踢，踢了幾下球以後，我就還給由梨子。她又顛了五下球，接下來說了聲「換明香里了」就將球傳給旁邊的橘。

「咦？我嗎？」

橘朝著球伸出腳，然而她控球失誤。球打到腳踝附近，滾呀滾地滾出去了。

「真是的。這種的我還不會啦～」橘說著就去追那顆球了。看到她那副模樣，由梨子對我說道：

「明香里最近在練習足球。顛球也是最近感覺能穩定超過十下了。」

「——咦？這樣啊。」

「雖然像剛才那樣要在空中控球似乎還很困難，但是肯定在不久之後，就能幫忙做點熱身，或是在射門練習時幫忙餵球之類的。」

「真的嗎？橘她？」

「嗯。機會難得，就想讓她學會踢足球嘛。只要習得基本技巧，也能踢室內足球之類的，所以我就開始慢慢教她了。」

「原來如此。」

隨後身為顧問的老師坐在板凳上找由梨子過去，她便大聲回應並朝那方向跑去。我看著她的背影，這時橘輕輕踢著球走了回來。

「你們剛剛好像在說我的事？」

「嗯。由梨子說妳會顛球了。」

「是的。目前最高紀錄是十八下。」

「已經那麼多下了啊。」我說。即使是男生，初學者要到能超過十次，也需要花點時間。

「嘿嘿嘿」橘聽見以後靦腆地笑了笑。接著她面向板凳方向，瞥向正在奔跑的由梨子那邊說：

「——學長姊你們似乎和好了呢。」

「咦？」

我不禁看向橘的方向。不知為何她好像很開心地正嘻嘻笑著。

「最近森學姊都無精打采的，坂本學長的舉止也比往常更加可疑。我就在想是不是發生了什麼事呢～」

「……不是什麼大事啦。」

儘管發生了比起吵架還要嚴重的事，但是被由梨子親了這種事，不可能在這裡告訴橘。

「總覺得森學姊非常喜歡坂本學長呢。」

橘說道。聽見她這麼說，我的內心深處又掀起了巨大的波濤。

「一般來說不會對男生那樣又拍又踹的啦。森學姊會那樣動手動腳的男生，就只有坂本學長你一個而已——反正總而言之，你們和好那就好了。」

橘她應該是打算開玩笑吧，她露出得意的微笑。見我一言不發，她便說著「再見了」，然後步向器材櫃的方向。

我到練習開始為止，都一直一個人做著熱身運動。火辣辣的太陽烤著操場非常炎熱。熱到雖然有塗防曬，但受到陽光照射的肌膚仍舊感到陣陣疼痛。

☆　☆　☆

當天我也跟由梨子一起回家。我和其他社員一起走，然後在校舍裡跟從鞋櫃區走出的由梨子及橘撞個正著，於是乎就這樣自然而然一起離開學校。途中我說了要去書店一趟以後，她也跟了過來。

我進入在回家路上、附設影音光碟店的書店之中，前往參考書的區塊。跟著由梨子似乎很意外地說：「咦~健一，你要念書嗎？」

「嗯。我也已經是高二生了。最近會開始考慮考試之類的事。」

「你從國三之後就沒買過參考書了呢。我是不是也該開始念了呢。」

我想趁放假期間寫完薄薄的一本習作，於是找起能夠打好基礎，適合我能力那種等級的書。

我們彼此默默無言好一會兒挑選書籍，忽然間由梨子嘟噥似的說道：

「——總覺得健一最近身上變得有股香味。」

「啥？」

她用斜眼看向這邊。是往常那種睜得大大的，感覺很強勢的眼神。她忽然那樣對我說，我忍不住聞了聞自己袖子的味道。

雖然我在更衣的時候有用制汗噴霧，但由於是在揮汗如雨之後，我想應該不是香味。是她的嗅覺很有個性，又或者她是在說討厭汗臭味嗎——還是說難道她有特殊的個人癖好嗎？當我忍不住後退一步，由梨子突然浮現出焦急的神情，用力地拍了我一下。

「痛！」

其實並沒有那麼痛，但我反射性地壓著肩膀這麼說，由梨子冷冷地朝我這邊看，說道：「總覺得你剛才在想很沒禮貌的事對吧？」

「不，並沒有……」

在我那樣回覆以後，她哼了一聲，露出似乎在鬧彆扭的表情。

「現在是汗臭味喔！我剛剛說的不是現在，是期末考之前那陣子開始，總覺得你制服的味道很輕柔。我只是在想阿姨是不是換了洗衣精。」

由梨子從書架上拿出一本新的英語參考書，開始隨意翻看。

我心底有頭緒。曾經在哪裡看過女性的嗅覺比較敏銳，但我實在料想不到居然連那種細節也會被察覺。

「——和泉她偶爾會放精油還是泡泡浴球之類的進去浴缸喔。可能是用了那些剩下的熱水洗衣服。媽媽也喜歡那種東西，最近她們似乎很迷，買了很多款入浴劑。」

「——哦，原來如此。」

由梨子翻動著參考書的書頁，毫不在乎似的回應我。我卻不禁覺得很尷尬。

——你明明對和泉同學那麼溫柔。

那天都對我說了那種話，為什麼她還能侃侃而談關於和泉的話題呢。

「她的品味不錯呢。」

由梨子的雙眼落在參考書上說道。

「……嗯。」

「在市中心長大的果然不同呢。用字遣詞也跟我們有點不一樣。」

「但是她很普通啊。」

「嗯。我也覺得和泉同學是個好人。雖然像她那種類型多半壞心，所以老實說起初我以為或許會很難相處。」

由梨子用毫無抑揚頓挫的聲音一直說下去。我不明白她帶入這個話題有什麼企圖。並不是在說和泉的壞話，反倒是在誇獎她，但又感覺言詞中哪裡帶刺。

「我要買這本。」

我打算英語和數學各買一本薄薄的習作本，於是走向收銀台。由梨子嗯了一聲，也跟在我的後頭走。在我結帳的期間，她在觀看收銀台附近的食譜書。我感到有些意外，原來由梨子也會看這種書啊。

走出店家。我再次騎上腳踏車，在人煙稀少的住宅區道路上前進。雖然沒什麼對話，但當過了一會兒抵達由梨子家門口，我們倆不知是誰放慢了速度。「那就再見了。」由梨子開口道，她裙襬輕輕飛揚從腳踏車上下來，小小的手在臉部旁邊擺動。

我點點頭，再次獨自一人開始朝家裡前進。

即使太陽下山，空氣中仍然殘留著頑強的熱度。騎腳踏車的時候出一身汗，襯衫黏在肌膚上，讓人覺得不舒服。

☆　☆　☆

然後終於到了七月二十八日。

我一邊看著手機上記錄的購物清單，一邊把蔬菜和肉類放進購物籃裡。七月下半外頭非常炎熱，因此從超市的冷凍櫃裡流瀉出的冷颼颼空氣十分涼爽。我在前往收銀台前，再一次和記錄的內容對照，確認有沒有錯誤。洋蔥、雞肉、馬鈴薯、絞肉……或許因為是平日下午，沒什麼客人在買東西，有種冷清的氣氛。

按照約定，由梨子會在今天下午兩點來我家。由於是星期五，媽媽還在工作。這天的晚餐似乎會由和泉與由梨子一起做。於是乎就由我去購物了。

我拿著兩大包塑膠袋的東西，在下午最熱時段的強烈日照之中，騎著腳踏車回到家裡。現在可是熱到光是正常騎腳踏車，就會感覺難以呼吸的地步。

當我打開玄關的門以後，就聽見兩個女生熱鬧地在對話的聲音。和泉與由梨子的涼鞋整齊地一起擺放在脫鞋處。

我在感受涼爽冷氣的同時進入客廳，和泉說了句「歡迎回來」，而在她旁邊的由梨子也接著說「你辛苦了」。她們兩人坐在沙發上在看某部電影。螢幕很暗，又在播放詭異的背景音樂，好像是恐怖片。

「食材我買回來了。」

我將兩個塑膠袋放在餐桌上說，接著和泉就用遙控器對著電影按了暫停。

「謝謝你。不好意思，明明外面很熱。」

「……不，沒關係。」

其實和泉原本提議要三個人一起去，但我覺得我們三人一起走在路上很尷尬，於是就決定自己去了。

「在演什麼？」

我隨意問了一下，然後——

「這是去年造成話題的恐怖電影。我是在過來之前去租的，還挺有趣的喔。健一你也要看嗎？」

由梨子看著我的方向講。她今天穿著藍色短褲搭上白色T恤，和泉則是一襲在家裡常穿的白底紅色格紋的無袖長版上衣打扮。

「不了……」

並排坐在沙發上的兩人脫掉拖鞋打赤腳。應該是塗了什麼吧，和泉的腳趾甲上有一層淡粉紅色。由梨子倒是似乎沒塗什麼，但透明又有光澤。

「我回房了。」

我這麼一說，由梨子就微微瞇細雙眼說了聲「膽小鬼」，然後慢吞吞地扭動身體抬起腳，在沙發上抱膝而坐。

「囉唆。」

我留下這句話以後爬上樓梯回到房間，一打開房門，悶熱的熱氣迎面而來。熱。

我望向有溫度計功能的電子鐘，顯示的室溫也變成三十三度了。籠罩在悶熱的空氣之中，總覺得滲出的汗水反倒比待在外面還要多。我想在開冷氣之前，總之先讓空氣流通就打開了窗戶。

與此同時，成群的蟬鳴聲傳了進來。有好幾朵潔白的巨大積雨雲互相交疊。陽光很強，電線桿的影子很深。就連風也帶著可以說是熱風的溫度，然而吹著風，比起待在潮濕無風的房間裡還是好多了。

我站在窗邊好一陣子，接受夏風的吹拂。閉上雙眼能感覺到汗水從臉上往脖子流，一路流到嘴角之際，鹹中帶酸的味道在口中擴散。

即使閉上眼睛光線也會穿過皮膚，因而視野是一片暗紅色。忽然間我覺得能聽見遠方傳來打雷的聲響，但我立刻理解到那是我的錯覺。我是受到汗味的刺激，回想起我跟由梨子接吻那時的感覺。雙唇那種微溫的觸感相當鮮明。我睜開了雙眼，受到強烈的陽光照射，一瞬間我的視野變成一片白色。

我緩緩吐氣，跟著關上窗打開冷氣。坐在椅子上，我從口袋裡拿出手機。

『我今天可以去阿隆你的公寓嗎？』

我打好這樣的訊息，傳送給哥哥。他立刻回覆了我。

『我今天會很晚回去。你有急事嗎？』

我聽見樓下傳來和泉「呀～～」和由梨子「哇～～」的聲音。與其說是尖叫，總覺得語感中含有的高興成分比較多。我又再次深深地嘆氣。連唯一的避風港都沒了。我動起手指回了句「不是那樣，不要緊」。我也沒有哥哥住處的備用鑰匙，既然如此就沒辦法了。

儘管想過來寫先前買的習作本，可是不時能聽見的由梨子與和泉的聲音令人在意，我的精神完全無法集中。於是我戴上耳機，將音樂開得很大聲播放出來。

☆　☆　☆

過了一下子，我為了拿飲料下到一樓，此時由梨子恰巧從門中走出。

「咦，你下來啦？」

「嗯。我來拿水。」

由梨子應了聲：「喔，這樣啊。」

「那妳呢？」

「我想借一下洗手間——欸，話說不來玩一下電視遊樂器遊戲嗎？等電影演完以後。」

「如果是足球遊戲的話倒是有。」

「喔，好耶。那我們三個人一起玩吧。」

我稍微考慮了一下以後便點頭同意。剛剛在樓上的期間，結果對於由梨子跟和泉她們兩人是以怎樣的氣氛聊怎樣的話題，我還是在意得不得了。

「那就麻煩你啦。」由梨子喀嚓一聲打開了廁所的門。

我進入客廳，隨後乖乖坐在沙發上的和泉把頭轉向我這邊問：「有什麼事嗎？」

「由梨子說要一起玩足球遊戲。」
「啊，我也想玩。話說回來考試結束後還沒玩過呢。」
「說起來的確是如此呢。」
我從電視機架底下拿出遊樂器，插上電源。在等待遊戲啟動的期間，由梨子回到客廳，再次坐在和泉旁邊。我則坐在離沙發有些距離的餐桌椅上，遊戲選擇對戰模式，我將兩個搖桿遞給和泉與由梨子。
「謝啦。」
「謝謝你。」
由梨子用無畏的樣子，和泉則以雀躍的模樣接過搖桿。自從哥哥造訪那時第一次玩過以後，我跟和泉一起玩過這個遊戲好幾次。所以總而言之，她現在不用一直盯著手邊看也能操縱了。至於由梨子在念小學時，曾經常常跟隊友一起玩同系列的遊戲，所以應該能毫無問題地遊玩。
在選擇隊伍畫面，和泉選了阿根廷。基於「白色和淺藍的制服很可愛」的原因，她很中意阿根廷。和泉不管是足球的戰術或什麼都一概不知，所以陣型就直接用預設的。一個勁兒狂用強力的前線選手們運球突破，在除了足球門外漢外無法預測的時間點使出射門，就是她攻擊的形式。
至於由梨子則選了德國。是她從以前就最喜歡的一支國家隊。

——這傢伙是玩真的。

由梨子連防線與前線的距離都細細調整，決定好陣型。她的雙眼相當認真。

和泉拿著搖桿的手十分纖細。跟經過日曬變成咖啡色的由梨子擺在一起，就能明顯看出差異。我不由得覺得她皮膚真白。

比賽一開始，由梨子很快地在第一輪時，透過那群前鋒互相傳球擊潰對方防禦得到分數。球一下子就射進了球網裡。和泉以悠哉的模樣說著「哇～森同學好厲害」，由梨子則是輕喊了聲「好耶」，小小地比出勝利姿勢相當開心。

不知從何開始飄起一股險惡的氛圍。

☆　☆　☆

「嗚～完全贏不了啦～」

由梨子果然沒有手下留情。在玩遊戲的十分鐘裡，製造出七比零的巨大差距。由梨子經常會在一輪遊戲中得到一分，因此持球率也超過百分之七十。也許是超乎想像地束手無策，和泉感到沮喪。相對地由梨子則是「呵呵呵～」心情相當好的樣子。

「妳這傢伙，對手是菜鳥妳多少也手下留情吧。」

我這麼一說，由梨子就微微嘟起嘴說了聲「什麼嘛」。因為和泉性格穩重，我想應該沒問題，但弄個不好感覺氣氛會變得很糟。

突然間我想到「這下子分明就是反過來呢」。以往我總是因為不懂人際關係和不夠識相，受到由梨子的提醒。

「嗚，健一，交棒。」

和泉說完就把搖桿遞給我。接下來似乎要由我跟由梨子來比賽。由梨子還是用德國，我則是選了西班牙開始比賽。

是聽進去我的提醒了嗎？還是說狠狠贏了對方一把就滿意了？下一次跟和泉玩的時候，由梨子就開始放水了。我們三人就這樣玩著遊戲，很快地就到了下午五點。

「啊，五點了。差不多該去準備晚餐了吧。」由梨子道。

「說得也是呢。」和泉也面帶微笑站了起來，她們倆走向廚房。

和泉穿上掛在餐桌椅椅背的淡粉紅色圍裙，由梨子則從直立在沙發旁的托特包中，拿出了黃色的圍裙。她三兩下用手在後方打好結，頭髮也如同社團活動那時綁成馬尾。由梨子穿著短褲圍上圍裙的姿態，讓她看上去彷彿成了我完全不認識的另一個人。

「怎麼了嗎？」由梨子回頭望向我。我嚇了一跳慌慌張張地搖頭道。

「不，沒什麼。我要回房了，不然會礙事吧。」

「嗯，做好再叫你。」

和泉也用橡皮筋重新把頭髮綁好並那樣說。

由梨子跟和泉做的晚餐菜色，是漢堡肉排、番茄萵苣沙拉與法式清湯。

這天媽媽也比平常要早，過七點就回來了，因此我們就四個人一起吃晚餐。

和泉與由梨子坐在我跟媽媽的對面。我們大家喊了開動，四個人便開始用餐了。分量十足的漢堡肉排淋上甜甜的醬汁，總覺得這道料理比起和泉，更像是喜歡肉類的由梨子愛吃的。

「怎樣啊？」

由梨子開口問了我。

「很好吃。」我回答。

接著她得意洋洋地說：「呵呵呵，怎麼樣啊。」

「這是由梨子做的吧。」媽媽發問，跟著她笑容燦爛地點了點頭。

「肉由我負責，其他則是和泉同學做的。」

「哦~健一，你知道現在的自己有多麼幸福嗎？」

媽媽對我投以像在惡作劇的目光。她想要說什麼，就算是我也明白。雖然我覺得應該是那樣，但由於我不知該如何反應，所以只答了句「我知道啦」，就把話題帶過了。

之後，我在想吃沙拉之際，找起了往常在用餐時會放在桌上的沙拉醬。由於其他三個人已經淋上了我想應該是凱薩醬的東西，我還以為應該在附近。此時和泉「啊」一聲站了起來，打開了冰箱。

「來，這個。抱歉，剛剛我們用完以後，我收起來了。」

「謝啦。我正好在找。」語畢我接了過來，不經意感覺到視線的存在。

是由梨子在看這邊。我跟她一瞬間雙眼對視，隨後彼此又像彈開那樣望向其他地方。而後她的表情立即變得開朗，開始跟媽媽聊天。

我心想，用餐期間只是多了由梨子一個人，餐桌的氣氛居然會有這麼大的變化。我不習慣現場的氣氛覺得很窘迫，但三名女性似乎無所顧忌，滔滔不絕愉快地聊著天。以往即使是媽媽、和泉與我三人聚在一起，也顯得安靜多了。今天該怎麼說，感覺相當充滿活力。

「我吃飽了。」

用完餐以後，我雙手合十。

接著當我清洗好自己的餐具想回房而站起來時，「健一」媽媽叫住了我。

「幹嘛？」

「慶典的準備，明天是從一點開始，你別忘了喔。」

「嗯。我知道。」

當我回答完，由梨子便加入話題之中。

「健一，你要幫什麼忙嗎？」

「沒錯。我們家成了籌備人員呢。健一他要去幫忙搭帳篷。由梨子妳也要參加慶典嗎？」

「是的。我打算跟朋友們一起去。話說健一，明天明香里跟長井好像也會去。去那邊隨便玩一下吧。」

「長井也會來嗎？」

「嗯。就是這麼一回事，請多關照啦。」

我回了聲「知道了」，在流理台洗完我自己的餐具。浴室也讓和泉與由梨子先去洗澡。決定洗澡順序的時候，只聽見和泉的拖鞋啪啪作響，在樓梯那邊爬上爬下拿了好幾種入浴劑來。當場三個人就討論起想泡哪種香味的話題。我好似被那種氣氛反彈出去，便回到了房間。

我按下牆上的開關打開電源坐在椅子上，自己房間的那種安靜，讓我呼了一口氣。

☆　☆　☆

過了晚上十點，可以隱約聽見從樓下傳來談話聲和電視機的聲音。我尋思著浴室差不多空出來了吧，就從衣櫃拿出更換衣物下到一樓。可以聽見由梨子和媽媽的聲音。我想去確認浴室是否真的空出來了，於是打開了客廳的門。

「啊，是健一。」

由梨子坐在視野中能看見門的位置，她馬上就發現並且瞧向我。

由梨子跟媽媽面對面坐，她們兩人正在聊天，和泉坐在沙發上，正在用吹風機吹乾頭髮。她穿著紅白相間的條紋T恤，還有柔軟材質的短褲。由梨子則是穿著淡紫色襯衫，跟似乎也能拿來當成訓練裝的白色尼龍褲。

看見那副模樣，我又再次心想「這傢伙是誰啊」。由梨子的頭髮半乾，攤開的毛巾掛在她的肩膀上。我感受到和泉剛來那時，從她身上感受到的那種性感。

「浴室沒人要用了吧？」我開口詢問。

「嗯，沒問題了喔。」似乎是坐在沙發上看電視的和泉答道。

「那我就去洗了。」

「好～」

我聽見背後傳來和泉悠悠的回應，在脫衣間脫掉衣服，一進入浴室便散發出輕飄飄的甜美香味。泡在浴缸裡，有種疲憊都溶解在熱水裡的感覺。

也許是因為某人才剛剛離開的關係，浴室鏡子一片白茫茫。放在鏡子前的洗髮精和沐浴乳的罐子上頭還有著許多水滴。最近雖然變得不會特別注意，但是只要想到剛才和泉還有由梨子都泡過這些熱水，我就會覺得怪怪的，有種奇妙的悸動感。我急忙消除那種念頭。

——好漫長。

明明由梨子來玩才半天不到，我卻有種媽媽、和泉跟我三個人度過的日常生活，如今已經遠離我的感覺。

泡完澡以後我離開浴室。用浴巾擦拭身體，我換上五分褲和打算當睡衣的T恤。

用吹風機吹乾頭髮，順道刷刷牙之後我離開脫衣間，一樓已經暗了下來。她們三個人可能已經回房間了吧。

我也爬上二樓，由於暖色的燈泡亮著，樓梯一帶也微微染上一片橘紅。

面向樓梯的窗戶敞開著，從那裡飄來晚風。儘管是半熱不冷的風，但對於剛洗完澡大汗淋漓

熱呼呼的身體而言，感覺很舒服。

接著我聽見和泉與由梨子講話的聲音，不禁停下了腳步。

走近和泉的房門，方才含糊的說話聲輪廓清晰了起來。在木質房門的另一邊，確實有她們兩人的氣息，並且流瀉出似在說悄悄話的聲音。她們兩人聲音很小，我無法清楚聽見對話的內容。忍不住被那扇門吸引過去。

我盡量不發出腳步聲，朝那扇門走近好幾步。吞嚥自己口水的聲音，聽起來格外大聲。

然後——

——我在做什麼啊？

我忽然覺得很荒謬，於是背向和泉房間的門，輕輕吐出憋住的那口氣。

接著我進入自己的房間，將手機鬧鐘設定為早上七點放在枕邊，隨即關上了燈。

☆　☆　☆

銳利透明的陽光照耀著地面。在低空的位置上，漂浮著似乎很沉重的潔白積雨雲。

夏日慶典從下午三點起到八點為止，在我們居住的住宅區公園，以及與其比鄰的神社境內舉行。過了中午，由梨子跟我在公園的會場裡幫忙搭帳篷，和泉跟媽媽則去位於神社的營運總部幫忙。

由梨子先回家一趟，從涼鞋換穿成運動鞋過來。今天是看起來像白色迷你裙的短褲，搭上藍色上衣。

我們花上一小時左右，跟其他大叔們一起搭好三個帳篷之後，流了不少汗。我從自己的背包裡拿出毛巾擦拭脖子和臉上的汗水。

環顧周遭看見樹蔭下有好幾張長凳，於是我走向其中的一張坐下。今天是晴空萬里的日子，因此上午市內就在播放注意高溫的廣播。陽光很強烈，激昂的蟬叫聲好似在壓迫耳膜。從葉縫間灑下的陽光，在地面上製造出斑紋。

「好熱～」

由梨子用手搧臉走近並坐在我旁邊。她也渾身濕淋淋、一副汗流浹背的樣子。她的脖子上掛著毛巾，臉頰紅通通的。也許是因為炎熱，後面的頭髮盤得像顆丸子似的。

「抱歉，居然還讓由梨子妳幫忙。」

「沒關係啦。明明健一、和泉同學和阿姨都在工作，卻只有我一個人在家什麼的也很寂寞。」

由梨子那樣說道。跟著她雙手交握，嗯的一聲伸了下懶腰。胸部的突起因而變得很明顯，讓我忍不住別開了目光。

「昨天有睡好嗎？」

「嗯。雖然原本想聊到很晚，但是和泉同學出乎意料地很快就睡著了——話說她的睡相意外地很差呢。」

「啥？」

「我們把兩床被子擺一塊一起睡。晚上看到各式各樣她衣服掀起來的樣子。真有眼福。」

由梨子望著我的方向那樣說。

——各式各樣？什麼意思？可是既然關了燈，黑暗之中應該看不清楚吧？

我不禁思索起那種事情。接著由梨子搖搖頭，似在窺看我的神情那般望著我。

「……我說，剛剛你思緒飛到其他世界去了吧？」

……答不上來，完全被她說中了。由梨子瞇細雙眼看向我。

「我騙你的啦。男人真是笨蛋呢。」

「唉。」她似乎真的是在耍我，我嘆了一口氣。因為內心動搖，我無法立即回應什麼。

我沉默不語徑直望向前方。在有一個足球場大小的公園草坪正中央，有個木櫓（註：木造建築物，舉行慶典時可在上頭進行樂器演奏或表演活動）。周邊有路邊攤一字排開。許多人在攤子裡各自做準備。在這附近的樹木、電線桿和竿子綁上長線，裝飾五顏六色的燈籠。

「喂，健一，我說你啊……」

由梨子話正說到一半，「健一～」忽然間傳來和泉的聲音。

我的視線望向聲音的來源，和泉穿著下半身是短褲款式的連身無袖長版上衣走向我這邊。她的頭髮分成兩邊綁成辮子，耳朵附近很清爽，比起平常的長髮感覺更加清涼。

「咦，有什麼事嗎？」由梨子對來到我身邊的和泉說道。

「因為工作已經結束就過來這邊了。伯母她似乎要跟朋友一起在那邊待一陣子。剛剛我也跟森同學的媽媽打過招呼了喔。」

和泉也進入陰涼處，從短褲裡掏出手帕擦汗。

「我媽她來了嗎？」

「嗯。她帶慰勞品來給在神社工作的人們。那時候健一的媽媽替我介紹了。」

「這樣啊。」由梨子說著站了起來。

「既然和泉同學也來了，要去參拜嗎？現在人應該還很少吧。」

「嗯，空蕩蕩的喔。」剛剛還在神社的和泉也這樣說。

我們離開公園前往旁邊的神社。神社周遭的路上也有擺刨冰和奶油馬鈴薯等等好幾個路邊攤，相當熱鬧。

穿過神社的鳥居以後立刻就出現石梯，爬上去之後前方有淨手池和拜殿。在那四周並排著路邊攤和居委會的帳篷。神社裡頭長有許多樹木，宛如置身在森林裡，由於樹蔭較多，比起公園也要來得涼快多了。只要風一吹，葉子就會摩擦發出沙沙聲，聲響大到能一瞬間蓋過蟬叫聲。陽光透過葉隙紛紛灑下，我們爬上石梯，我忽然想到有話要對身旁的和泉說。

「和泉，話說回來……」

「什麼事？」她看向我這邊歪了歪頭。

「星野同學今天會來嗎？她大概也知道有這個慶典吧。」

「喔，對耶，說起來確實如此呢。」

和泉從口袋裡掏出手機送出了一些訊息。

「她說會來！她還邀我一起去逛逛。」接著她馬上很開心地這樣說。

「星野同學是誰？」

走在前頭的由梨子回頭發問。

「是和泉在學校的朋友。似乎就住在這一帶。」

「喔，那要分頭行動嗎？」

「唔……或許是呢……」

「用不著在意我們。要是有什麼事再聯絡。」

由梨子面露爽朗的笑容那樣說。

爬上石梯之後，從幾個路邊攤裡飄出像在燒烤或在煎炒什麼的很香的味道。從居委會的帳篷裡也傳出大人們嘰哩呱啦的對話聲響遍了這一帶。我們排進拜殿前短短的隊伍，之後當參拜結束時，從公園那邊傳來彷彿令空氣為之振動的太鼓聲。

☆　☆　☆

在公園正中央的木櫓，有好幾組人馬在演奏太鼓和日式樂器。太陽仍然高懸於天際，陽光完全沒有減弱。縱然炎熱非凡，來的人卻越來越多。

我們從神社回到公園，邊走邊瞧瞧周遭的路邊攤。接著由梨子忽然放慢步調，從口袋裡掏出手機。

「啊，明香里跟長井來了。我去接他們。應該很快就會回來了，你們在木櫓附近等一下。」

「知道了。」我一回答，由梨子就留下「那等會兒見」這句話，隨後消失在人群深處。我向和泉問道：

「——似乎是這樣呢，和泉妳有什麼打算？」

「愛子差不多要來了，我打個招呼就好。」

和泉面帶微笑道。

「那我們就一起等一下吧。」

接著我們邁開步伐，走到炒麵攤的附近之際，有人向我們搭話。

「喂，那位少年，要不要買份炒麵？」

我聽到那樣輕浮的聲音回頭一看，有個身穿白色足球裝，脖子上綁著濕毛巾，留一頭咖啡色頭髮的年輕男子。還以為是哪來的小混混，仔細一看是我老哥。

「咦？隆一哥？」和泉似乎在同一個時間點也發現了哥哥。

「好久不見了，里奈。話說也不過兩個星期啊。妳綁辮子很可愛呢。非常適合妳。」

馬上就說出輕浮的話，和泉也浮現好像很不知所措的羞澀笑容。

「哈哈……謝謝你。」

「你在這種地方做什麼？」

我看著完全轉換成射靶店店員的哥哥身影說道。

「我在炒炒麵啊。看就知道了吧。我國中時代的朋友是這裡的經營者。因為好像很有趣我就決定要幫忙了。」

哥哥對著他身旁留一頭金髮、曬得黝黑、肌肉壯碩的魁梧男人很親暱地說了一聲「對吧」。

「這傢伙是隆一你弟？」那個不苟言笑的人瞥了我一眼之後說。

他的眉毛像用原子筆畫的線那麼細，眼神十分銳利。是感覺在路上碰到絕對不敢跟他對看的人。

「沒錯。是弟弟，還有旁邊那個女生是妹妹。」哥哥瞧向我們的方向說道。

「「咦？」」和泉與我同時發出聲音。

「就當成是這樣子吧，在我的心裡里奈就是那種位置。」哥哥朝著我們的方向身體前傾輕聲說道。

「是、是的……你好……」和泉露出似乎很為難的笑容說道。哥哥的那位朋友似乎沒什麼興趣（而且絕對不相信的樣子）看著我們說了聲「嗯～」，隨後就開始做些手工作業。

「我們該走了。我們還要跟由梨子碰面。」

這麼一說，哥哥面露似是頗意外的表情。

「咦，你們三個人一起來玩嗎？」
「不，還有其他朋友也一起來了。」
「啊，原來如此啊。因為就你跟里奈兩個人，所以我還有點吃驚。原來是這麼回事啊。」
「森同學昨天在家裡過夜。」和泉繼續說了下去。哥哥浮現出像在說「真的假的？」那種頗為意外的神色。
「我沒料到是這樣——昨天健一傳訊息給我原來是這麼回事。」
哥哥這麼說，然後咧嘴一笑看向我。
「健一，你想逃走嗎？」
我知道和泉在旁邊摸不著頭緒。我一言不發，雙眼盯著地面。只能看見受到強烈的陽光炙烤，乾巴巴又龜裂的地面，還有在視野一角和泉的編織涼鞋和淡粉紅色的腳趾甲。
「也無所謂啦——這會開到晚上，要是肚子餓就過來吧。我請你們吃炒麵。」
「真的嗎？」和泉開心地說。
「嗯，好了，要跟人碰面的話別遲到了，趕快去吧。」
「好，我們還會再過來的。」和泉情緒高昂地帶著燦爛笑容回答。
隨後我跟和泉在木櫓旁站著等待，過了幾分鐘以後由梨子就回來了。長井一身咖啡色休閒褲搭白襯衫的簡樸裝扮，橘則穿著紫底上頭描繪著白色、粉紅牽牛花的浴衣。可能還有化妝吧，她的雙頰和嘴唇紅潤，跟平常的氛圍有些不同。

「唷。」長井向我打招呼。我單手稍稍舉起回應他，跟著他也向旁邊的和泉搭話。

「和泉同學，好久不見。」

和泉也跟平常一樣露出和善的神情說：「好久不見了，之前的事謝謝你。」她很快地輕輕點頭行了個禮。接著由梨子介紹了橘。

「和泉同學，這是我的學妹橘明香里。」

「妳好。坂本學長受妳關照了。」

受人介紹的橘，用一本正經裝乖的感覺向和泉點點頭。

「不不不，我才是。初次見面，我是和泉里奈——妳浴衣的圖案很可愛呢。」

「嘿嘿嘿，謝謝妳。」

橘跟和泉在對話，不知怎的令我感到不可思議。她們三個女生說話，我跟長井呆呆站在她們身旁，「今天要五個人一起去逛嗎？」長井開口問了我。

「不。」我搖了搖頭。

「和泉好像已經跟朋友約好碰頭。只是過來打個招呼而已。」

「是的，我得走了。」是聽見了我們的對話嗎？和泉接著說道。

「這樣啊，真可惜。」

「抱歉，要是下次有時間再一起玩。再見。」和泉笑盈盈地說道。跟著由梨子靠近和泉一步。

「和泉同學，從昨天起謝謝妳了。晚上回去之前還能再見個面嗎？」

「好的。晚點再聯絡。」

留下那句話以後，和泉便動身前往和星野同學碰頭的地點。

在看不見她的身影之後，橘重新面向我和由梨子。

「學姊，那可是大事不妙啊。黑色長髮搭上連身褲很好看。跟她說話令人心跳加速啊。」

「妳真囉唆耶，我知道啦。」

雖然我不明白由梨子知道了什麼，總之她有點不高興地說。

「話說為什麼學姊妳沒穿浴衣？四人之中只有我一個穿浴衣，不會有點顯眼嗎？」

「因為天氣很熱，很麻煩。」

「那是毅力問題吧。」橘頑強地說。我忽然心想明明穿著浴衣，還說什麼毅力不毅力的，不過確實仔細看的話袖子很長，好像很熱。「哦～是呀。」由梨子覺得很麻煩似的回應。

「——所以說，接下來要做什麼？」我開口說。

「唔～那就隨便走走，找能坐下來的地方吧。然後再吃些什麼好了。」

由梨子做出那種回答，之後我們大家就邁開步伐。隨著時間經過，人潮越來越多。五花八門的燈籠高高掛起，太鼓的聲音響徹雲霄，平日幾乎沒有人來的公園，搖身一變成為慶典的場所。

由梨子和橘兩人走在前面一點的地方，我則跟長井邊走邊聊。

他以前說過，在第一學期的期末考如果進不了全校十名內，就得被逼去上暑修班。儘管過了那關，我聽他說結果還是變成暑假前半段要參加短期補習班。

在我們來到接近公園出入口的時候，由梨子和橘進入了擺放飾品的路邊攤。我們兩人在外頭等候時，長井丟出了和泉的話題。

「和泉全身上下的氣質很可愛呢。好久沒見到她了。」長井說。

「……嗯。」我給予含糊的回應，接著他說：「跟她住在一起什麼的，要是被社團的那些傢伙知道的話，你應該會被殺掉吧。」

長井用帶著玩笑意味的口氣說出那種話，我則是輕輕笑了笑。

「——你最近有跟和泉聯絡嗎？」

我稍微壓低聲音問他。

「嗯。因為我想跟她打好關係，所以寄出好幾次訊息，但只有過一次互動。」

說完以後，他似是回想起什麼低聲說道。

「說到聯絡，可以跟你聊聊嗎？」

「……幹嘛？」

我尋思萬一是和泉的事該怎麼辦，內心怦怦跳，但他要聊的內容卻不是那個。

「我最近一直跟橘傳ＬＩＮＥ，從進入暑假以後，互動就一直沒斷過。」

「——真久。」

我在做出回應之際，不禁鬆了一口氣，嫉妒的感情迅速消失無蹤。我望著橘身穿浴衣在店裡跟由梨子審視飾品的身影，用說笑的態度試著說了一句「你們就交往啊」，接著長井便苦笑道：

「你說得還真輕鬆。」

「我們參加同樣的社團，一旦感情生變，之後該怎麼辦啊。用輕浮的心情交往，萬一分手的話，彼此都很難在那個社團裡待下去。」

我半晌說不出話來。這種事本應切身明白，我卻說出如此欠缺思慮的話，因此感到後悔。

「對不起。」我開口道歉。我心想不熟的話題真不該隨便亂附和。

「沒什麼。畢竟也不知道橘是不是真那麼想。我也是似乎說了很自戀的話題，真抱歉。這如果是我會錯意的話，那我還真是噁心。」
他最後那句用有些說笑的樣子說道。
「不，沒有那種事喔。」
我那樣應答，此時她們兩人從路邊攤那裡回來了，我們兩人也就自然而然結束了那個話題。

☆　☆　☆

離開公園稍微逛了逛小巷的路邊攤以後，我們就進入了旁邊的神社。已經到了下午快結束的時段了，夏日的藍天逐漸變為孕育出夜晚氣息的深紫色。路邊攤開始亮起暖色系燈泡的燈光，從位處高地的神社境內，甚至可以眺望染成一片金色的街道。
在境內走了幾步路後，我們便找到了無人的長凳。橘跟長井坐在長凳上，確保有位子坐，我跟由梨子為了讓哥哥請吃炒麵跟幫他的忙前往路邊攤。這時候在人潮之中，我聽見「啊，是健一跟由梨子」的聲音。一回頭就看見有個留一頭烏黑鮑伯頭綁著黃色蝴蝶結的小女生。是由梨子的表妹美雪。
「啊，美雪妳也來了啊，好久不見！」由梨子張口道。

美雪應該是個很親近人的孩子，即使跟只見過一次的我也能玩起來，說聲好久不見。然後她說「健一跟由梨子是在約會嗎？」聽起來完全沒有捉弄人的意思，是用很率直的口氣問的。我忍不住咳起來，同時回答她「不是喔」。

「咦，不是嗎？好過分。」由梨子用奇怪的方式附和，她的手遮住嘴巴，裝出很悲傷的表情。我想著這是哪齣戲啊，有夠麻煩。

「健一好過分。」

連美雪也順著情勢發展跟著說。

「就是說呀。美雪不能上了這種可惡男人的當喔。」

「我會小心的。」

美雪認真地點頭。

「…………」

我無話可說，不愧有血緣關係，兩人默契十足。隨後演完一齣戲的美雪向我們說明，她的隊友們正在等她。

「你們倆要好好相處喔。」開心地留下這句話以後，美雪便走向人群深處。由梨子也在我旁邊不知怎的似乎很滿意地揮了揮手說再見。

我將從哥哥那邊拿來的炒麵遞給長井和橘以後，因為附近有空的長凳，就讓長井和橘兩人獨處，我跟由梨子則坐在那裡。

「隆一的炒麵還挺好吃的。」

由梨子在吃哥哥的炒麵同時低聲說道。

「嗯。」

「真是個無所不能的人呢。」

「足球踢得不怎麼樣，還是個花心男。」

「喔，是身為弟弟的逞強？」

「吵死了。」

我這麼一說，由梨子就從鼻子噗哧笑出聲來，身體動來動去。

「不過考慮到和泉同學的事，隆一自己一個人住真是太好了。」

「……嗯。我也是那樣想。媽媽也說如果阿隆在，她就不會讓和泉寄住了。」

「唔～如果是健一就可以。你還真是受到阿姨莫大的信賴呢。」

「不，在來以前我已經被暗地囑咐過很多次，說不准靠她太近。所以我想媽媽還是擔心的。

和泉的房間以前沒有鎖，但在家居中心買來新的裝上去了。」

「……不過你們走的很近不是嘛。真的就像是自家人。」

「我們真的是自家人啊。雖然很稀薄但還是有血緣關係。」

我這麼一說，由梨子就把手上拿的炒麵盒子放在大腿上，雙眼望向我說：

「那你不會喜歡上她吧。」

她出其不意地說，害我的喉嚨噎到炒麵。這個話題不能有所停頓，我有那種直覺，我喝下能喝的東西，注意說話時不要顫抖，隨後說了出口。

「──我們是親戚，所以我跟和泉之間，不會變成那種關係的。」

我說得斬釘截鐵，由梨子一下子把視線從我身上移開，我舒了一口氣。接著──

「是真的吧？」

由梨子似在低喃般說道。

此時坐在隔壁長凳上的橘和長井站了起來，走向路邊攤那邊。

望向天空，在不知不覺間暮色越趨深沉。塗上紅色、紫色的天空，天色呈藍灰色向晚，濃厚的夏影融入夜晚的黑暗之中。吵雜的蟬叫聲，如今也變成暮蟬那樣直抵遠方的叫聲。強烈的陽光消失，我想氣溫大概也下降了。

我們默默不語，隨意看著人群之中長井和橘的背影。然後橘迅速握住長井的手。我的內心十分震驚，由梨子則在我身旁開口說：
「我說過了，面對態度曖昧的對手，就是要先下手為強。手什麼的就要主動去握。」
跟著由梨子的身體靠近我，到腰會跟腰碰上的距離。
「喂，健一，先前的事你沒有忘記吧。」
我大感驚訝地望著由梨子的臉龐。由梨子的臉離我非常近。從藏在一片昏暗中的表情，無法看出內心的感情。
「我呢，總覺得最近回到往常的狀態以後，健一你好像想當成沒發生過呢。」
「不，那是……」
「那時候我確實有些不對勁。我腦中很多想法一片混亂——不過，我是認真的。」
由梨子就這麼盯著我的雙眼看並且啟齒道：
「我知道健一你受到和泉同學吸引。她是好孩子，外表、服裝品味還有談吐，感覺完全就會受男生歡迎呢。」
之後她吐了口氣，我從下巴到脖子一帶的肌膚感受到了她微溫的氣息。
「你會回答吧。我們再也不能一直保持像小學生那時的關係了。因為我們已經十七歲了。我也差不多想把關係弄個清楚了。」

她的黑色眼眸中倒映出我和這一帶的路邊攤、燈籠的燈光。她靜止不動，宛如能看透我內心那樣注視著我的雙眼。遠處持續響起太鼓的聲響。

「——我知道了。」

我像是硬擠出來一般做出回答。跟著由梨子一下子跟我拉開距離，彷彿不曾有過先前的對話那樣，用平常那種爽朗的口氣開口。

「口渴了，我去買點飲料來。」

她起身獨自一人邁開步伐。就掛在不遠處的燈籠，閃耀著朦朧的光芒。暮蟬的叫聲似是跟太鼓的聲音重疊那樣鳴響。

☆ ☆ ☆

過了一會兒，橘她們回來了。他們兩人已經沒有牽手了。橘和長井也維持與往常無異的氣氛。我們再次回到公園那邊，在路邊攤買點心，觀賞在木櫓上舉行的活動度過時光。我跟由梨子沒有提及他們兩人牽手的事，舉止跟以往無異。

過了七點之後，太陽已經完全下山了。接下來也差不多該回家了，於是我們就在公園的出入口和長井與橘道別。之後由梨子為了跟和泉碰面，傳了訊息給她。過了一下子，和泉來到我們這邊。星野同學不在附近，只有和泉一個人。

「星野同學人呢？」當我一問，和泉便回答：「我們剛剛才分開。」我應了聲喔。而後我們開始前行。很快地到了跟由梨子分開的路口，由梨子重新面向我們。

「再見，和泉同學、健一。這一整天很開心。」她說完輕輕揮了揮手。

「我才要謝謝妳。」

和泉雙手併攏行了個禮。

「那麼健一，剛才的事可別忘了喔。」

由梨子面帶微笑說道。和泉儘管歪了歪頭，但她也許認為是跟自己無關的事，所以沒有表示出興趣。

我嗯了一聲點點頭。由梨子道了句再見，而後一個人邁開步伐。慶典燈籠的橘紅燈光，朦朧地照在街道上，慶典音樂的聲音仍舊持續響起。

「我們也走吧。」和泉說道，我們也開始朝著家裡走。途中我跟和泉聊了要向哥哥介紹星野同學、路邊攤的大叔多給了一根巧克力香蕉之類的。步行經過的地方行人越來越少，也漸漸遠離慶典的氣氛，當接近家裡的時候，和泉的手遮住嘴巴，打了個小小的呵欠。

「總覺得想睡覺了。」

「因為從早上就一直在外頭呢——我也有點累了。」

「今晚似乎能睡個好覺呢。」

和泉那樣說著，露出了一個溫柔的微笑。

夜空中有如顏料滴落那般出現了白色的點點繁星。淺灰色的雲朵，自低空緩緩飄過。

第二章　夏季的尾聲

和泉的媽媽即將回國——在夏日慶典結束的幾天後，媽媽告訴了我這件事。聽說和泉的媽媽在中元節時期，有一個星期左右的休假會待在東京，她好像打算趁那段時間跟和泉一起去旅行，不過在那之前她會來我們家打招呼直接住一晚。

直到那天為止的一個星期前，過得相當安穩而且飛快。我參加社團活動，和泉上午在圖書館念書，午餐在客廳吃，下午則在房裡度過（她表示在製作自製飾品），在下午四點左右出門散步，準確遵守每天的生活習慣。

然後按照預定，在八月八日的傍晚，和泉的媽媽來到我家。在自己房間念書的我，察覺到去車站接人的媽媽跟和泉回來，玄關前方忽然變得吵鬧的氣息。

我想著得去打招呼，等樓下傳來的對話語調變得沉穩的時候，我下樓到一樓，隨即看見有名纖瘦的女性在客廳裡，跟媽媽還有和泉坐在一起。

她們三人正在喝茶。放茶具跟點心的托盤擺在桌上。我一進入客廳，便隨即跟和泉的媽媽互相對視。「哎呀。」和泉的媽媽像在打招呼那樣說道。我也微微低下頭。

媽媽也發現了我——

「這傢伙就是我的小兒子健一。」她向和泉的媽媽介紹了我。

「初次見面，我是坂本健一。」

我那樣一說，「哎呀、哎呀、哎呀、哎呀。」那個人就一直凝視我。

「你就是傳說中的健一啊。我是和泉朋子，幸會。」

她講話的速度有點快。我再一次低下了頭。

朋子伯母跟和泉很像，但是氣質完全不同。她的頭髮是明亮的咖啡色，髮梢微捲。身穿白色七分褲搭上淺黃色無袖襯衫，由於服裝感覺很清爽、活潑，使得她給人一種很年輕的印象。

「抱歉，這次突然提出這種事。里奈沒給你添什麼麻煩吧？」

伯母流露出親切的微笑說。

「不，完全沒有。」

我搖了搖頭。

「她是個非常棒的孩子呢。真想讓她就這樣當我們家的女兒。」媽媽從旁插嘴。

「真的嗎～？這孩子會裝乖。似乎還沒露出馬腳呢，里奈？」

和泉的媽媽那樣說完以後，和泉便很困擾似的說：「等等，沒那種事啦～」

「里奈真的相——當任性喔。只要有想看的電影、想要的衣服，我就會像硬拖一樣被帶去買東西。」

「那是什麼，真令人羨慕！」媽媽似乎相當中意和泉，口氣中帶著真心的羨慕。

話雖如此聽到和泉很任性，我覺得有點驚訝。我完全無法想像那樣子的她。果然在我家的她跟真正的她，也許還是有些不同。那樣一想便有種感到寂寞、讓她費心真是抱歉的感覺。

我望著向伯母抗議的和泉側臉，想像她說著任性話語的身影，此時她忽然看向我這邊，我們對上了眼。她露出有些不快的神情說道。

「媽媽的話總是太誇張了，所以你不用太放在心上。」

「哎呀，妳真敢講。」伯母這麼說，和泉仍舊在鬧彆扭。

「真的是媽媽妳講得太誇張了。」

不管和泉究竟有沒有裝乖，總而言之能夠感受到她跟伯母感情很要好。我在那三人坐的桌前就坐，她們也會有所顧忌，總覺得待在這裡讓人坐立不安，於是我想先回房間一趟。

「那個，我要回房了。我只是想打聲招呼。」

言畢我便回過身去，但媽媽叫住了我。

「啊，你稍等一下。晚飯馬上就準備好了，你也來幫忙。」

「配菜我們剛剛在回來的路上買好了。」

聽她那樣說，和泉便瞥了一眼冰箱。

☆　☆　☆

用微波爐熱好冰箱裡的披薩、和風炸雞塊、薯條之類的擺放在餐桌上。冰箱裡有好幾罐啤酒。雖然媽媽在家裡幾乎不喝酒，但是朋子伯母似乎是個常喝酒的人。

「嗯，果然還是日本的啤酒好喝！」

開始用餐以後，伯母很快就喝光了第一罐啤酒，打開了第二罐。

「有種終於回來了的感覺。果然比起那邊的料理，還是這些比較合我的胃口。」

「不過，總之妳沒事真是太好了。我聽說那邊治安不好。」媽媽也喝了一口倒在玻璃杯中的啤酒。

「我住的地方是比較安全的地區，所以沒事的。保全也做得很好。但畢竟晚上外出還是得當心呢。」

「妳真的得注意點呢。畢竟還有里奈在。」

「我知道啦。公司跟里奈的話我會選里奈喔。」說著她忽然抱上坐在我旁邊的和泉說：「我的女兒呀。」朋子阿姨的臉微微潮紅。說不定已經醉了。「呀，媽媽等一下，好危險！」想把筷子伸向和風炸雞塊的和泉重心不穩發出尖叫。

伯母就那樣跟和泉鬧了一會兒之後，愉快地跟媽媽聊了一下，然後也向我丟出話題。

「健一，你有在踢足球吧？」

「是的。」我點點頭。

「那果然是受到爸爸的影響？」

「我想是的。念幼稚園的時候他就讓我進了足球教室。察覺到的時候就已經是在踢足球的狀態了。」

「原來是這樣啊。」坐在我身旁的和泉道。

伯母則看著我的臉一會兒，說了句「原來如此」，而後面向媽媽說：「果然跟純一有點像呢。」

「是嗎？我覺得我家兩個兒子都跟父親不像。」

「總覺得那種散發出的氣質有像。」

純一這個名字，是我爸爸的名字。「您知道爸爸的事嗎？」我幾乎是下意識提出這個問題，伯母她點了點頭。

「嗯。從大學時代開始。你爸爸從那時候開始踢足球，我們經常一起去看他的比賽喔。」

「是這樣嗎？」我這麼一說，和泉便接口道：「媽媽也曾經青春過呢。」

「就是說呀。」伯母笑了笑，跟著露出有些奇妙的表情對著媽媽說：「我也曾經想去幫純一掃墓。但卻撥不出時間來，抱歉。」

「沒關係啦。一個星期後，又有好幾個月見不了面，所以還是跟里奈一起過比較好。」

「明天起我要跟里奈一塊過，所以我把買花的錢給妳。去掃墓的時候，替我向純一問候一聲。」

「嗯，謝謝妳。」媽媽答道。

在熱鬧的用餐過後，媽媽與和泉伯母就進了媽媽的房間。我跟和泉則在客廳裡兩人獨處。

「妳的媽媽真是個開朗的人。」我說。

「嗯，非常開朗。她說過如果有開心的事，可以三天不睡都沒關係。」

「不會吧？」我一說完，和泉笑著說：「她感覺是會叫人去睡覺的那種人對吧。」

在門的另一邊，正不斷流瀉出我媽跟和泉的媽媽對話的聲音。

「總覺得跟之前想像的感覺不同呢。我是有聽說阿姨跟和泉妳的個性完全相反，但總覺得無法想像。」

呵呵呵，和泉笑了笑。

「也許可以說是反面教師呢。」

「什麼意思？」

「覺得不能變成這副德性。我從小學三年級左右開始有這種感覺。因為她喝完酒以後，會露出肚皮就睡著了嘛。摺洗好的衣服也摺得很爛，衣服都變得皺巴巴了。當時我是會很在意這種事的小孩。」

「喔……」

我心想和泉確實有可能會是那樣子。

「媽媽跟我不同，非常懂得掌握要領。任何事都能俐落做好。」

「嗯。確實有這種感覺。我覺得是個似乎很可靠的人。」

「真的嗎？」和泉說著笑了出來。我喝完杯子裡剩下的茶。開著的電視正在播放猜謎節目，「對埃及文明有所貢獻的尼羅河，在經濟上擔任怎樣的要角呢？」對於這個世界史的問題，和泉發出「唔」的聲音，開始認真考慮。

「妳從明天起要去箱根？」我又喝了一口茶，把話題丟給在沉思的和泉。她忽然回過神來回覆我。

「沒錯。暫時要跟健一你們分開行動了呢。」

「小心點。」

「謝謝。健一你也是。」

聽說明天一早，媽媽會送她們兩人到車站。跟阿姨在箱根的溫泉旅館住上兩晚之後，和泉會暫時回到東京的家裡。

「過了一個星期以後，我還會再回來。」

我明天上午有社團活動，所以沒辦法去送她。我說了這件事之後，和泉說了聲「沒關係」。

「說得也是。」

和泉點頭嗯了一聲，接著在不久後，「喔，原來如此」她似在低喃般說道。電視上出現了謎題的答案「水上交通要道」。

阿姨跟媽媽的聲音仍舊從門的另一邊洩出。我從餐桌椅上站了起來。

「我要回房去了。」

「啊，那我也回去了。」

我們關掉電視機和客廳的電燈，回到了各自的房間。

然後在隔天的午後，我從社團回來時，發覺家裡靜悄悄的。即使在房間裡消磨時間，和泉的氣息仍從家裡消失了。明明直到兩個月前，應該每天都是這樣子，然而如今內心卻充滿好像少了些什麼的感覺。

——大事不妙了，我心想。

和泉不可能一直待在這個家。我想要是現在就覺得如此寂寞，明年和泉真的離開這個家以後，到時候會變成什麼樣子呢？

我思考著她在我內心的存在感，是不是變得越來越大了呢？和泉不在竟然會感到寂寞，在不久以前我連想都沒想過。

不過這次時機正好。後天我也要掃墓，去爸爸那邊的爺爺奶奶家。在離開這個家的這段期間，肯定不會感受到這種寂寞。在忙碌的期間，我應該能忘記這種情感。我是那樣想的。

☆　☆　☆

爺爺奶奶家是在四國地區的高山山腳城市。因為是離機場近的城市，即使相距遙遠，只要利用飛機，並不會覺得有那麼遠。從機場搭乘公車離開市中心走上幾步路，就是爺爺奶奶的獨棟房子了。

按響對講機以後，早一步抵達的哥哥打開拉門出來。

他穿著咖啡色短褲搭緊身T恤，很輕浮地說了聲「唷」。他似乎直到前夕都還在參加位於九州的大學舉辦的學術研討會，於是就直接來爺爺奶奶家了。

雖然爺爺奶奶家比我家來得大，但是相當老舊。走路時走廊和樓梯都會發出吱吱聲。

「打擾了。」我跟媽媽一面說一面走進榻榻米的客廳。爺爺奶奶坐在客廳的和室椅上。所有的家具都很老舊，唯一一個嶄新、和周遭相比特別顯眼的液晶電視開著，正在播放夏季甲子園的比賽。轉播的男性聲音與管樂隊的聲音流瀉而出。

爺爺說了類似「喔，來了啊」這樣的話，我們也坐在矮桌旁。「承蒙關照了」媽媽說，「好久不見了」我對爺爺奶奶說。

我跟爺爺奶奶，打從小時候起就一直是一兩年只見上一次的那種關係，因此並沒有相當親近，無論如何都會有點見外的感覺。主要是哥哥、媽媽和爺爺奶奶在講話，偶爾把話題丟給我，我就回答罷了。

在聊完住附近的叔父叔母似乎晚點會來打招呼的話題過後，對話便告一段落，我跟哥哥上了二樓的空房間。從小時候開始，當在這個家過夜的時候，我總會跟哥哥兩人住在這個爸爸用過的房間。媽媽隔壁的空房似乎也給我們用，所以就把行李搬進那裡了。

爸爸房裡的空氣半熱不冷。雖然有冷氣，但那老早以前就壞掉用不了了。

我隨意一倒躺在榻榻米上，有種充滿灰塵的氣味。這個房間現在已經幾乎沒在用了吧。房間一角可以看見好幾團灰色的棉絮。安靜下來以後，能隱約聽見樓下傳來高中棒球轉播的聲音。

爸爸的房間只有木頭書桌和書架，相當樸素。書架雖然沒有特別大，但文學全集和文庫本，還有古早的漫畫單行本塞得滿滿的。哥哥坐在房裡窗邊的木頭書桌前，啟動帶來的筆記型電腦，開始做起某種工作。

「你在寫什麼？」

我開口探詢，哥哥依舊望著螢幕說道：

「學術研討會的報告書。我得寫好交給指導教授，還有交給大學的共兩份才行。還有因為在下週的班上我要講關於發表的事，我也想製作所需的幻燈片。」

「好像很忙呢。」

「其實也不是特別忙啦。因為要寫的分量並沒有很多。」

噠噠噠響起敲擊鍵盤的輕快聲響，讓產生了睡意的神志感覺很舒服。

「發表的狀況如何？」
「進行得很順利喔。」
「雖然有很多學生答不出問題臉色慘白，但輪到我的時候沒有難以回答的問題，所以比想像中的還要輕鬆過關。」
「是喔。你真有一套。」
「嗯。還見到想要聊一聊的其他大學的老師，非常開心喔。」
也是因為長途旅行的疲倦產生睏意，我心想就別妨礙他了，於是我接下來閉上了嘴巴。跟著馬上就聽見哥哥敲擊鍵盤的聲音開始響起。
這個城市裡附近就有在首都圈內也能經常看到的超商和影片出租店，跟我所住的城市，印象中並沒有那麼大的差異。不過蟬叫聲還是這裡大聲。即使因為睡意腦中一片朦朧，那仍舊停留在我淺層的意識中久久不散。

☆☆☆

「健一，起床了。飯煮好了喔。要去跟叔父他們打招呼了。」

我聽見哥哥的聲音醒來。在迷迷糊糊的時候，我似乎不知不覺就睡著了。一回過神來，暮蟬高亢的叫聲立即傳進我的耳際。剛睡醒一片朦朧的腦子，要認知到哥哥說的話是什麼意思花了點時間，不過我還是應了聲「嗯」爬了起來。因為是在沒有冷氣的悶熱房間睡著，因此我滿身大汗。

從毛玻璃的窗戶射進來的陽光一片赤紅。細小的塵埃變得閃亮亮的金色在飛舞。一看時鐘已經過了下午五點。我站了起來抓住T恤的襟口處甩動讓空氣接觸到肌膚。墊在頭下方的手臂壓出了紅色的榻榻米印子。

我走下只要是細微的震動就會發出吱吱聲，讓人對於會不會壞掉感到些許不安的樓梯，行至客廳。只見爺爺奶奶、媽媽還有叔父叔母圍坐在矮桌四周。

叔父是在機械製造商工作的上班族，叔母是從事與社會福利相關工作的人。身為我跟哥哥堂弟堂妹的小學男生和女生手上拿著掌上型遊樂器，坐在離大人的圈子有段距離的地方。他們看了一眼進入客廳的我的樣子，說了聲「你好」，我也回了句「你好」。接著他們馬上又開始默默地玩起掌上型遊樂器。

「我把他叫醒了喔。」

隨後哥哥瞥了一眼我的方向，不知道是對誰說的，接著就在榻榻米上盤腿而坐。我則在他隔壁坐了下來。

「累了嗎？」爺爺問我，我則回答：「不，沒事。」接著順水推舟向叔父、叔母他們各問候了一句。餐桌上擺著好幾種菜色的盤子。

「隆一，要喝一杯嗎？」叔父說道，他將罐裝啤酒遞給哥哥。

「謝啦，叔父。」

哥哥泛起一記露齒微笑，將酒杯湊了上去，而後將倒入的啤酒一口氣喝下。餐桌另一邊的媽媽和叔母正在談論補習班是不是從國一開始上比較好之類，關於剛剛打過招呼的那些堂弟妹教育的事情。爺爺奶奶從甲子園的比賽轉到職業棒球轉播，目不轉睛地盯著看。

我就這樣坐在當場，只喝了一口有好幾塊浮冰的開水。

☆　☆　☆

「隆一你在念跟老哥同樣的東西嗎？」

喝了好幾杯酒滿臉通紅的叔父一問，哥哥便回答：「大致上一樣，不過也許有點不同吧。爸爸從事的是偏政治哲學的研究，然而我是更接近文學方面的研究，最近我重新讀了羅蘭．巴特（註：法國著名文評家、文學家、社會學家、哲學家和符號學家）。」

「啊，那個人我知道。我在當學生的時候也買過一本他的書喔。雖然結果沒看完。我的朋友中也有喜歡那種東西的傢伙，還叫我要看咧。」

「哦，是這樣啊。」

「嗯。雖然我沒什麼興趣。我跟老哥不同，沒辦法好好看完一本書。隆一你也要念到博士嗎？」

「目前我是這樣打算，不過也還沒放棄去上班的這條路喔。我有很多想法。」

「總而言之，如果有想做的事就做個痛快吧。只要還年輕都有機會挽回。」在旁邊聽他們兩人對話的爺爺這麼說道。醫生似乎有交代不能讓爺爺喝太多，奶奶也婉轉規勸過他，但是他從途中就開始喝起日本酒，偶爾會參與對話。

「不過隆一跟他走同一條路，也許對老哥來說，並不是一件值得開心的事吧。」叔父道。

「是啊～我想他大概會盡全力阻止。媽媽好像也還是覺得不好。」

哥哥那麼一說，或許是因為在爺爺奶奶家的關係，比起往常來得穩重許多的媽媽也開了口。

「我已經承認他讀碩士的事了，但我還是覺得與其以學者為目標，還是去上班比較好。能成為大學教授的人真的少之又少，如果文組出身要做普通工作，大學畢業以上的學歷什麼的幾乎無所謂。」

「又開始了啊。真虧爸爸能跟妳這種人交往。」

哥哥一說，媽媽好像很頭痛似的把手放在太陽穴上。

「我就是知道有多辛苦才這樣說啊。年輕時我們真的很擔心未來啊。當那個人在大學拿到飯碗的時候，都喜極而泣了。我到現在都還記得。」

媽媽說完，在場的人都笑了。接著叔父向媽媽發問：「所以說，你們要在這裡待到什麼時候？」

「我們會搭後天中午的航班回去，待太久的話會給公公和各位添麻煩吧，我還有工作，健一也有預定行程。」

「這樣啊。」叔父說道。

大概已經把預定計畫告訴爺爺奶奶了吧。他們沒有特別的反應。「要再來喔。」爺爺看著我說。

「嗯。」我點了點頭。

☆　☆　☆

吃完飯以後我就洗了個澡，十點左右跟哥哥一起回爸爸的房間，將棉被鋪在榻榻米上，在窗邊焚燒蚊香躺下。然後我很快又深深感受到長距離旅途的疲倦感。

「喂，健一。話說，我剛剛聽說里奈的媽媽來了。」

我才閉上雙眼，忽然傳來哥哥的聲音。我雙眼半睜，看到哥哥趴著，像是在用手機閱讀電子書還什麼的，朦朧的燈光照在哥哥的臉上。

「——嗯。只有一天，她在媽媽的房裡過夜喔。」

「是怎樣的人？」

「跟和泉完全相反。是個非常活潑的人。感覺跟阿隆你會很合得來。」

「哦，這樣啊。」

他用手指點螢幕，往旁邊滑動。我為了背向哥哥翻過身去，然後我又再次閉上雙眼。

不久後我迷迷糊糊產生了睡意。老舊的枕頭起初只有充滿灰塵的氣味，但逐漸地不知怎的有種懷念的感覺。在被拉進夢鄉的模糊意識中，我想到這就是爸爸的味道吧。隨著這種懷念的感覺，跟由梨子一起向爸爸學踢足球那時候的事等等，許多過去的回憶，宛如夢境一般流過腦中。那樣一路持續下去，忽然間——

——你要更加關心由梨子喔。

——做出回答是吧。

我想起哥哥和由梨子曾經對我說過的話。跟著意識猶如驟然浮出水面，我再次清醒過來。

「……阿隆，我可以問你一下嗎？」

我仍舊閉著雙眼輕聲說道。

「幹嘛？」他回應我。然後在那時候，我該說的話卻哽住了。

「……果然還是算了。沒事。」

我微微睜開雙眼，只見哥哥還在看電子書。不過在那之後可能是因為關了電源，朦朧微弱的燈光消失，房間回歸一片黑暗。

「是跟由梨子有關的事嗎？」

我心想早知道就什麼都不說了。這個人為什麼會知道啊。我也無法否定，於是保持沉默。

「要是我搞錯了那就抱歉。」哥哥先說了這句話。

「你最好別做像我那樣的事。」

「……我不會的，我辦不到。」

「那就好。忘了這些話吧。」

在稍稍清了清喉嚨後，發出了咚一聲有硬物放在地上的聲音。

「這裡晚上意外地很涼快呢。」

的確跟太陽出來的時候不同，現在有晚風吹過非常涼快。我答了一聲嗯。起初介意的蚊香氣味，也隨著時間經過漸漸變得不在意了。混雜在奔馳於附近道路的汽車聲響中，能聽見蛙鳴聲。

☆　☆　☆

隔天上午我們去掃墓了。

在搭計程車前往寺廟的途中我們在花店停留，媽媽買了菊花花束。回到計程車上的時候，媽媽表示「這是朋子跟里奈她們的份」。到了寺廟下了計程車以後，會讓眼睛感到刺痛的強烈陽光閃爍，使我的視野一瞬間染成白色。

「也太熱了。」揹著後背包的哥哥瞇細雙眼，抓抓自己的咖啡色頭髮說道。

「要走嘍。」

身穿牛仔褲和罩衫的媽媽拿著花束，氣喘吁吁地走在前頭。

從寺廟到墓地要在竹林裡走大約一百公尺。我們在外頭的洗手檯借了寺廟的水桶和長杓，前往那個竹林小路。林間小路在陰涼處內所以很涼爽，但是夏天青草散發出的強烈熱氣，讓人覺得快要窒息。蟬叫聲大到耳朵好像快要聾了。感覺聲響像從周遭的所有青翠樹葉傾瀉而下。透過葉子的光線染上了綠色。

進入墓地，我們在爸爸那邊的家墳前止步，將水桶放在地面上，我用長杓將水舀進水缽（註：日式墳墓裡將水獻給先人，類似水盆的一部分構造）裡。媽媽將買來的花放進花筒（註：日式墳墓裡用來插花的一部分構造）裡。之後哥哥從口袋裡拿出打火機替線香點火，接著插進線香筒雙手合十。

我閉上眼睛開始默唸近況報告，像是開始準備大考，但今後也會努力等等事情，隨後睜開眼睛。在我身旁的哥哥已經沒有合掌，直直站在原地，媽媽則是仍雙手合十。

我跟哥哥不經意視線相交。哥哥不知為何好像有點害羞，用手抓了抓後腦杓。

稍後媽媽也不再合掌，在墓前說完「我們要走了，再見」，接著就轉過身去。我也拿起一直放在地面上的長杓和水桶。

我在外頭的洗手檯將借來的水桶等等洗一洗，放回原本的地方，寺裡養的柴犬，在狗屋前乖乖坐好瞧著這邊。以前做法事的時候，和尚曾經向施主們說明過這是很受歡迎的招牌狗。似乎是很親近人的狗，望著這邊的雙眼好像在期待什麼似的，閃耀著愉快的光芒。哥哥坐在牠身旁摸摸頭，牠就一副很高興的樣子尾巴搖來搖去。也許是雲朵遮住了太陽，強烈的日照也稍微緩和了些。

接下來我們離開寺廟，回到有計程車行經的大馬路上。媽媽在這之後，在散步之餘，好像要順便去市中心買土產，於是跟我們分開行動。「那等會兒見。」她留下這句話後便獨自一人搭上計程車。

「說不定以後沒什麼機會來了。」

在我們兩人目送媽媽離去後，哥哥低聲說。

「來這裡嗎？」

「嗯。再怎麼說都已經過了三年，明年你也要準備大考吧。話說回來，你有考慮過將來要做什麼嗎？」

「——沒想到阿隆會對我拋出這種話題。」

「不，其實我對於你想做什麼沒什麼興趣。」

「我還沒徹底決定，不過我對社會學有興趣，所以我想念那種科系。大概之後就會去上班吧。」

「真是踏實啊。」

「跟阿隆你不一樣，照我的狀況，為了在世上生存下去，只能一步一腳印地做吧。」

「你意外地很會掌握平衡呢。總覺得你能活得比我更順利喔。」

「……阿隆你會大肆用掉很多精力。我偶爾都會覺得提心吊膽呢。」

話聲剛落，哥哥就綻開了笑容。接著在那之後，他用漫不經心的口氣，突然開口說出了這種事——

「我決定下次要上電視的社論節目。」

「啥？」

我無法馬上理解他在說什麼，於是蠢蠢地應了他一聲。

「是民間電視台在深夜播出的節目。我下次會跟媽媽說的——雖然感覺會變成很麻煩的事。」

「不，可是為什麼這麼突然。」

「因為對方突然來問的。」

哥哥答完，將視線從因為熱浪而扭曲的道路別開。「爸爸死掉的時候……」他接著開始說起：

「我不光是覺得悲傷，還有種很惋惜的心情。我一直覺得那個人擁有的知識量很驚人。他在思考些什麼啦，還有他斷絕的思路，原本應該會到達什麼境地啦，一想到這些事情，就越是覺得不甘心。我還殘留著那種情緒。」

「——總覺得能夠理解。」我說。在收下那個房間，於眾多書籍圍繞之下生活的每一天當中，都會有那種感覺。閱讀如此大量的書籍累積知識，究竟要花上多少時間啊。

「當然我有我的興趣和想做的事，所以完全沒有考慮老爸想做的事並繼承的意思，不過那個人是在怎樣的地方工作，既然有知道的機會，我想體驗並且了解一番。」

聽見那樣的話，最近已經消失的，再也見不到爸爸的那個事實，又讓我忽然間覺得悲傷。

爸爸要是還活著的話，現在我們的生活會變成什麼樣子呢？會是跟和泉在那個家裡四個人一起生活嗎？或者偶爾也會加入由梨子或小學時代的隊友他們一起踢足球嗎？

只要想像那種也許有可能的世界，我的心中就會產生那種似熱又像冷的刺痛感。蟬鳴傾瀉而下，空氣熱到好像能融化時間和空間，從柏油路竄升的熱浪，讓遠方的風景變得搖搖晃晃的。

那之後哥哥要搭公車去市中心，所以我們就分開了，我獨自一人在街上四處亂晃。即使什麼都不做，在陌生的城市四處逛逛也很有趣。建造的住宅或商店建築物，比起我所居住的城市裡的要來得老舊。然而卻能感覺到，我所不曾見過、不曾認識的人們的生活和時間累積起的樣貌。我並沒有在這個地方生活，明明應當沒有任何回憶，然而身處老街之中，卻有種懷念的感覺，真是不可思議。我就那樣度過下午時光，在天空染紅，陰影變深之際回到了爺爺奶奶家。

☆　☆　☆

隔天在等待飛機起飛的時間裡，我們想要購買伴手禮，於是進了機場裡的店家。首先選了給和泉的伴手禮，後來想著也要買點什麼給由梨子，於是找了一會兒有什麼好東西，我選了畫有可愛貓咪插圖的小盒子裡，裝有好幾片這個地區廣受歡迎店家餅乾的產品。然後最近有社團活動的集訓，所以也買了兩大盒的點心要給社員們。

回到羽田以後，各自要在東京都內買東西的哥哥和媽媽在那裡道別，我則是直接搭電車回到家裡。

等抵達本地的車站時，已經是太陽開始下山的時候了，不過還是熱的要命。我在淡藍色的夕陽下從公車站走回家，打開玄關的門進到家裡。像是悶在裡頭微熱的空氣，讓我闊別已久感受到家裡的氣味。

我把行李放在玄關前方，首先為了讓家裡通風，將客廳窗戶、樓梯中途的窗戶、自己房間的窗戶都打開了。風發出細微的聲響，傍晚的風吹拂而過讓人覺得很舒服。

接著我躺在客廳的沙發上，有一隻暮蟬不知在何處鳴叫。比起在爺爺家那山腳的城市所聽到的叫聲要來得小聲多了。

待在靜悄悄的家裡，我感覺到自己的時間概念變得奇怪。從出發前往爺爺奶奶家的那天起，也不過過了兩天而已，我卻覺得好像歷經了更長的時間。

三天後和泉也會回到這個家。直到那天為止我有社團的集訓。八月上半的行程一反常態的忙碌，不過這也再過不久就會告一段落了。

☆　☆　☆

今年我們的集訓，是在學校的集訓場住上三天兩夜。集訓場是兩層樓的建築物，一年級用一樓、二年級用二樓的房間，各自分成兩間房住。建築物有分男生使用和女生使用兩棟，兩名經理睡在女生社團活動使用的建築物。

第一天晚上，在餐廳吃晚餐的時候，我將伴手禮點心發給了社員和擔任顧問的老師。橘說「我來分給一年級的」於是我將一盒給她。跟我同屆的社員每個人各拿了一個。除了我以外也有好幾個去旅行的社員，他們也趁著這時候，同樣開始分發伴手禮點心。

「真令人意外。健一居然這麼貼心。」

由梨子在餐廳的飲水機前用紙杯倒冰水，坐在我對面的折疊椅說道。跟其他社員們一樣，經理由梨子也穿著訓練衣。她將襯衫的袖子捲到肩膀，就像往常在社團活動時所做的那樣，將頭髮綁成馬尾。

「你還是第一次帶伴手禮來呢，是發生了什麼好事嗎？」由梨子繼續說道。

「並沒有那種事。」我回答。由梨子打開我給的牛奶餡烘焙點心袋子咬了一口，輕聲說：

「嗯，好吃。」

餐廳裡有三列長桌。用完餐以後過了大約十分鐘，也有許多社員已經開始回房了。在我的周遭有好幾人從椅子上起來，和由梨子擦身而過。在餐廳工作的阿姨們也開始做善後工作了。在有點距離的地方，能聽見橘跟其他一年級的社員交談的聲音。我想說現在講應該不會有別人聽見，便稍微壓低音量說：

「……我也有買伴手禮給由梨子妳。」

我這麼一說，「不會吧？」她似乎很訝異，略略睜大了雙眼。

「本想更早給妳，可是總覺得找不到時機，在集訓回去的路上我再給妳。因為是耐放的東西，應該沒問題。」

「謝謝。」由梨子依舊是一臉訝異，只動了動嘴輕聲說。

之後她喝下手上拿著的紙杯裡的水——

「你給了和泉同學什麼？」她向我提問。

「和泉她現在不在，她媽媽放假回國，她暫時回東京的家裡去了。」

「喔，原來如此。不過你也有買什麼東西給她吧？」

「嗯。她好像喜歡西洋點心，所以就買了購物的店家推薦的瑪德蓮。由梨子妳的是……」

「啊，你不用講喔。我會期待的。」

她那樣笑嘻嘻地說。不過是五百圓左右的餅乾，要是太過期待我會很傷腦筋，但我還是點了點頭說：「知道了。」

「差不多該回去了吧。」一直在玩平板的顧問老師喊道。掛在吧檯白牆上的機械鐘，顯示再過五分鐘就八點。這之後直到十點是洗澡時間，十一點熄燈，早上則是六點起床。

剩下的社員們也站了起來，紛紛對替我們準備餐點到這麼晚的阿姨們說「感謝招待」、「謝謝」之類的話，並且走出餐廳。

走到外面的時候，晚風讓運動過後疲倦的身體很舒服。由梨子和二年級的社員們一邊聊天一邊向前走，她的馬尾輕飄飄地搖曳著。學校的操場一片靜寂，漆黑的校舍猶如巨大的影子一般聳立著。

隔天第二天上午練習時，橘一直一臉睏意揉著雙眼。休息的時候我問了她「沒事吧？」，她回答我：「有點睡眠不足。」

「偌大的建築物裡只有兩個人，真的有夠恐怖。而且森學姊還用手機播恐怖故事的影片。」

接著跟她在一起的由梨子說：

「對不起，我沒想到明香里妳會那麼害怕。不過妳不是在裝可愛吧？」

「只跟學姊妳兩人獨處，就算賣弄可愛有什麼用啊！」

橘那樣一說，由梨子便嘿嘿笑。

「總覺得學姊妳心情很好呢。確實這會讓人像參加校外教學那樣情緒高漲呢。」

「呵呵。休息時間馬上就要結束了，去操場吧。」

由梨子愉快地說，從樹蔭走向操場那邊。

在下午練習的紅白對抗賽之際，由梨子加入對方的隊伍，很久沒有跟她分成敵我雙方比賽了（也有沒參加的社員，因為人數不均無法比賽，所以讓由梨子加入）。

我們彼此站上中場的位置多次對決。我方進攻的時候，我便會協助邊鋒，接到球以後，由梨子從我對面徑直朝我施壓。我進行防禦把球橫移。重心偏向一邊的由梨子反應變慢，在她再度施壓以前，我用左腳將球踢回中央，那個斜角球守門員不會處理失敗，失去控制的球再由我方選手射門得分。

「可惡。居然被健一一次就帶球闖過去了。」由梨子咂嘴說道。

「妳只會一直線衝過去，早就暴露了啦。」

「哇，有夠煩。」我一說完，由梨子便露出不爽的表情說道，她啪啪地拍手，開口說：「我們要扳回一成喔。」其他人粗著嗓子大吼一聲「喔～」。由於比賽即將重新開始，社員們各自回到自己的位置上。

然後過了一陣子，我右腳的小腿肚忽然覺得有種不協調感。就在遭到反擊，衝刺回到我方陣地的時候。我立刻暗道一聲不妙，接著停止奔跑當場倒下。在倒下的瞬間不協調感變成疼痛，讓我不禁皺緊眉頭。我戰戰兢兢地觸碰小腿肚，是抽筋了。

持球的選手也許是發覺我倒下，他立刻停止踢球。「沒事吧？」周遭的社員們也聚集過來。我在感到羞恥的同時點點頭。

「大概只是抽筋了。」

聽見這句話，圍繞在我身邊的人們紛紛說著「什麼嘛」，泛起似乎感到安心的表情。在人潮的另一頭，「明香里，準備急救箱！」我看見由梨子在板凳上做出指示。

我已經很久沒在練習當中腳抽筋了。雖然我擔心是以前曾經有過一次的拉傷，不過當場在附近的社員替我拉腳，疼痛立刻得到緩和，抽筋也好了，應該沒有大礙。然而身為顧問的中田老師還是暫時將我放在板凳上。

「學長你沒事吧？」

橘從急救箱裡拿出冷卻噴霧，一邊那樣問一邊從襪子上方對我的腳噴。我點點頭，用手指輕輕觸碰纖維上白色結冰的地方。冰啪啪地被手指弄碎了。

「你真的只有抽筋嗎？要是很痛，就帶你去醫院。」

中田老師也那樣問我，不過——

「我已經不痛了，應該沒問題。」我如此回答，儘管肌肉還殘留硬梆梆的不協調感，我還是打算馬上回去練習。只要不盡情踢球奔跑的話，我想也不是不能比賽。然而老師搖了搖頭。

「但是為了以防萬一，你今天就先別踢了。觀察狀況一晚，要是沒問題的話明天再參加吧。」

聽他那麼說，我便回他：「我知道了。」將襪子脫到腳踝，鬆開釘鞋的鞋帶。

接下來橘說：「學長，要貼藥布嗎？」她將冷卻噴霧收起來問我，我點了點頭。

「啊，嗯。那就弄一下吧。」

橘用濕毛巾擦掉我小腿肚的髒汙，再用一塊大大的藥布緊緊貼在患部上。發熱的肌肉感到涼颼颼冷卻下來，很舒服。

「謝謝。」

我向她道謝，隨後雙眼回到操場上。板凳後方有整排的樹木，現在這個時段，只要坐著就能待在陰涼處。雖然相當涼快十分感謝，但對現在還籠罩在陽光直射操場上的由梨子他們，總覺得過意不去。

過了一會兒以後，中田老師緩緩從訓練衣的口袋中掏出手機開始說些什麼。

「橘、坂本，我去一下教職員辦公室，時間到了就停止練習，像往常那樣開始收拾。」

他留下那句話之後便步向校舍，是有什麼要事嗎？我跟橘應了聲，跟著就這樣坐在板凳上眺望比賽。

由梨子巧妙地化解掉壓力，從低位傳球出去，成為攻擊的起點。因為念小學的時候她是得分手，看到由梨子用控制全場這種類型的踢法，感覺相當新穎。我再次深深感受到在我不知道的時候，由梨子一直不斷在改變。

由梨子傳出一記靈活的長傳，身為前鋒的長井一次就將球控制在腳下，冷靜地射門得到分數。看見那一幕，橘雙手握拳說了聲「好耶」相當高興。

「妳真的很喜歡長井耶。」我不禁低聲說道。隨後橘瞬間定格不動。

「嗚，為什麼學長你會知道。」

「看就知道了。話說妳有打算要隱瞞嗎？」

「……反正是坂本學長的話沒關係。請不要跟其他社員說喔。」

「我不會講的。」

我點點頭。足球社的社員大概都知道了吧。

接著對話就中斷了，橘雙手交疊伸了個懶腰。是個晴朗和煦的下午。雖然操場上有足球比賽的眾多腳步聲、球彈跳的聲響和指示的聲音互相交錯，不過學校周遭沒什麼車經過，相當安靜。好幾朵積雨雲像重疊似的飄浮在天空中，描繪出複雜的曲線。

「長井學長有說關於我的什麼事嗎？尤其是前陣子的夏日慶典過後。」

我瞄了一眼旁邊，橘直直望著操場的方向。我回想起在夏日慶典時，橘握住了長井的手那件事。當場的氣氛變得如何，從遠方眺望的我並不清楚。雖然在這個夏天的期間，我自己就有一大堆事情，不過這麼說來，橘他們那邊有了什麼發展呢？

「——雖然他跟我說了很多，但我從沒聽過他說妳的壞話喔。」

這麼一說，她就面向我流露出放下心來的溫柔表情。

「那就好。」

在放暑假午後的學校裡，我有種時間停止流逝的感覺。在操場上的只有足球社，再加上現在除了我跟橘以外的人都在進行練習賽，因此即使現在想說些什麼也不用擔心會被聽見。也許是因為那樣的氛圍，橘她開始說起這種事。

「在參觀社團的時候，我就覺得『真不錯～』，然後就想加入這個社團呢。」

「妳是對長井一見鍾情才決定加入社團嗎？」

與其說太過單純，應該說那種行動力讓我傻眼。

「妳還真厲害啊。」

「嗯，不過我當然對足球有興趣喔。因為沒有經驗而猶豫的時候，因為有帥氣的人，我才決定加入。不過現在，就算沒有那個要素，我還是覺得有加入真是太好了。」橘慌慌張張地補充說明。

「妳果然會想跟他交往吧。」

「起初不知怎的希望能跟他關係變好，但是最近意外地真的喜歡上了。隨著在一起的時間變長，還加上該說是留戀之類的嗎？所以說今後要是發生了什麼事，還請你幫忙了。」

「我倒是覺得一直以來都有在幫。畢竟由梨子也那樣對我說過。」

聽我那麼一說，橘便開懷笑道：「那麼就麻煩你跟以往一樣了。」

明明是關於橘跟長井關係的話題，那時在我的腦中卻浮現出和泉。

就我所知的範圍內，長井是唯一跟和泉有交流的男性。希望他跟橘能變成一對，不僅是為了橘，或許也有我對於和泉那不明所以，可說是獨占慾的東西，我無數次試圖壓抑這種負面的情感，然如今還是會突然出現。

☆　☆　☆

腳傷結果沒什麼大礙。晚上重貼藥布睡了一晚過後，就幾乎回到完全不覺得疼痛和不協調感的狀態了，因此我決定第三天繼續參加練習。

第一天晚上社員們還很有精神，社員們在房間裡互脫褲子，用手機播放奇怪的影片，一路鬧到很晚。不過第二天畢竟都累了，大家都一下子就入睡了，非常安靜。我睡得很安穩，第三天早上的身體狀態也很不錯。

上午在練習之前，由梨子和橘用手機調查包紮的方法，並替我包紮了昨天受傷的地方。雖然失敗好幾次，撕開貼布很痛，不過後來腳就再也不痛，順利撐過了上午的練習，還有下午所舉行跟附近高中的練習賽。

練習賽的行程是中間相隔休息時間，舉行三次三十分鐘的比賽，之後是以一年級生為主的隊員，進行一次二十分鐘半場的比賽。我只在三十分鐘的一場比賽，還有二十分鐘比賽的後半出場。

然後在當天下午六點半，集訓終於結束了。我們在整頓完操場後，換上制服各自回家。果然第一天晚上是情緒高昂的巔峰，解散的時候大家話都不多，似乎精疲力竭相當疲倦。

我跟由梨子在夕照染紅的街道上飛馳，抵達居住的住宅區之際，我們在超商逗留了一下，接著我終於把伴手禮交給了她。

我把放在塑膠袋裡，為了不跟其他物品碰撞而塞入的填充物拿出來，接著交給了坐在長凳上的由梨子。

「來，這給妳。雖然遲了很久。」

「哇，還挺可愛的。以你而言也許算是品味不錯了。」

由梨子手拿我遞給她的盒子，凝望封面上的插圖。

「掃墓掃得怎麼樣了？」

「很順利。因為只在墓前待了十分鐘左右，比起去掃墓，感覺倒更像是去見爸爸那邊的親戚。」

「那個城市是怎樣的地方？」

「那個城市的氛圍，跟這裡沒什麼不同。雖然稍微遠離市中心就是一大堆田地。還有因為離山很近，蟬叫聲非常大聲。」

由梨子「哦～」了一聲接著說：

「我以前受到很多關照，總有一天我也想去掃叔叔的墓呢。」

「嗯……」

不管是「來啊」、「一起去」、「走吧」都很難開口，於是我含糊地點點頭。

我忽然想起三年前，在爸爸死掉精神上很痛苦的時候，曾經跟由梨子在這裡講過話。在國二的初秋，由梨子在這個地方找我說話，邀我要不要第一次就我們倆一起出去玩。那是匆匆忙忙的葬禮結束後不久，儘管一段時間的打擊已經消失，但內心還感到鬱悶的時候。

雖然只是在購物中心閒晃，在路上漫步而已，但我充分感受到由梨子相當關心我，如今回想起來，當時真的受到由梨子很大的幫助。

「這個，多謝你啦。」由梨子把放在大腿上的東西塞進了黑色後背包裡。接下來面向我這樣問道。

「我順道問一下，這跟你的回答是兩碼子事吧？」

我從由梨子的神情中，感覺到她似乎很不安的樣子。我試圖壓抑內心動搖的情感說：

「再等我一下。」

話一說完，由梨子的視線便離開我身上，點點頭說「知道了」，隨後騎上了停在附近的腳踏車。

「我會往好方向想的。那就再見了。」
她留下這句話，先踏上了歸途。頭髮遮住側臉，我看不清她的表情。

☆☆☆

回家之後，我發現家裡的氣氛，比起去集訓以前有所改變，和泉的涼鞋整整齊齊地擺在玄關，從客廳的門傳出她的聲音。
和泉身穿深藍色長裙搭白色T恤坐在餐桌前。
我們一對上眼，和泉就笑呵呵地說「歡迎回來」。雖然只有一個星期，我卻覺得彷彿很久沒聽見她的聲音。
我也應了聲：「我回來了。」
「我買了很多伴手禮喔。」
和泉與媽媽看上去是彼此當場擺出了各式各樣的伴手禮。包括伯母送的東西在內，量相當多。我隨意望著有一大堆點心的餐桌。
接著和泉從放在桌子下的後背包拿出了某樣東西。

「健一，這給你。」她將東西交到我手上，是和風圖案的書套和書籤。

「我覺得很可愛。是在箱根的雜貨店裡找到的。」

和泉有給我買東西這件事，令我有點感動。「非常感謝妳。」我也向她道謝，和泉則是笑盈盈道：「哪裡哪裡。」

「我也有買給和泉。雖然都是些點心。」

說著我把收進廚房櫃子的小盒瑪德蓮交給了和泉。儘管她買給我的東西好像比較貴，讓我有點退縮──

「謝謝你特地買給我。」

她似乎很高興地對我說。

那之後我們三人久違地一起吃晚餐，接著等和泉回到二樓之際，我對媽媽打開了話匣子。

「妳有聽說阿隆下次要上社論節目嗎？」

接著媽媽長呼了一口氣。

「聽說了，聽說了。你去集訓的期間他打電話給我了。」

「吵架了嗎？」

「是沒到吵架的程度，但有點生氣。反正我也不覺得那傢伙能聽進別人的話。」

本以為會變成更嚴重的事件，但媽媽比我想像的還要冷靜。

「我現在覺得乾脆隨他去了。他應該不會重蹈爸爸的覆轍吧。那傢伙也不可能永遠都是小孩。我才不管他會倒大楣還是變成有錢人呢。啊，不過變得有錢就謝天謝地了。這陣子家裡也得整修了吧。」

「當學者或評論家能賺錢嗎？」

「好像不太可行呢。所以我很期待你喔，次男。我可不是白養你長大的。」

媽媽那樣說，並且用有些熱血的感覺朝我大力一拍。

說完那件事以後，我也回到房間，將和泉給我的書套套上讀到一半的文庫本，換掉書籤放在書桌上。我無趣的書桌上，只有和泉給我的紅色書套格外顯眼。

之後我整個人深深靠進椅子裡，一安靜下來，就能感覺到牆的另一邊，彷彿傳來和泉的氣息。我終於覺得回到了這個家的日常生活之中。

我坐在椅子上望著日曆，在幾天後打了個記號。那是哥哥上的電視節目直播的那一天。

☆　☆　☆

眼前坐在游泳圈上的由梨子，正平穩地隨著波浪搖擺。海面上反射的光芒太過眩目，在我的視野中閃爍。

八月也進入了後半，幾天前哥哥忽然邀和泉、由梨子和我去海濱，我們便來到了位於關東地區與中部地區分界處的海水浴場。一大早哥哥就開車從家裡出發，在中午以前抵達了這個海水浴場。

如今由梨子像夏日慶典那時把頭髮梳上去，穿著白底水滴圖案的兩件式泳裝。人在海邊的和泉則穿著胸口有荷葉邊，沒什麼裸露的紅色泳裝。上頭還套著梅雨季節在家也會穿的淺粉紅連帽外衣。

很久沒有看到差不多同年代，而且還是平常就很熟悉的女孩子穿泳裝的樣子。所以看到的時候我有點心動，不過經過一個小時左右，不知道該說是好事還是悲傷的事，讓我心臟怦怦跳的刺激感，漸漸變得稀薄。

起初是兩名女生在樹蔭下擦防曬的期間，我跟哥哥把帶來的塑膠墊鋪好，立起海灘傘。之後我跟由梨子進入海裡，哥哥跟和泉留在海灘傘下。和泉悠哉地眺望大海，哥哥則是隨意躺著看帶來的書籍。

哥哥在前幾天參演了那個電視節目。就結論而言，也沒有發生大問題，他順利地完成了那份工作。

節目是以「於二十一世紀的超高齡化社會中該如何生存下去」那樣的主題進行的深夜直播社論節目。節目找了好幾個類似年輕人代表的人擔任來賓，哥哥就是其中一人。

也有赫赫有名的政治家參加，在社會上尚沒有名氣的哥哥，發言次數並不多，不過以不同世代發言者之間的對立為主軸的討論相當熱烈。也有類似跟某研究團隊的研究員和經濟評論家等年長的大人物互相言語交鋒的場面，令人膽戰心驚——不過媽媽沒有看那個節目，和泉在開始後二十分鐘左右就說「我太緊張，肚子痛起來了」在途中就放棄了——在網路上的綜合情報網站也出現好幾則報導，然而基本上都是像在抓著名政治家發言之中語病的那種內容，關於哥哥的方面並沒有發生因問題發言，進而在網路上延燒那樣子的事。

「隆一，我有看你上電視喔。」在車裡連由梨子也擔心他有沒有發生什麼煩心事，然而哥哥說「沒事沒事，抱歉讓妳擔心了」，跟著露出一記很棒的爽朗笑容。

現在哥哥用跟平常沒什麼特別不同的模樣，跟和泉在聊些什麼。也許是察覺到我在看那邊，和泉向我揮了揮手。

我再次覺得哥哥真是個厲害的人。如果能成為那種具有行動力、腦袋靈活又不膽小的人，我應該會活得更加輕鬆吧。

儘管我有點羨慕他那樣，可是想到哥哥至今做過的事情，就覺得好像會被牽扯進各式各樣的意外之中，那又是另一種麻煩，於是我立即改變了主意。

「糟糕，總覺得想睡覺了。」

在我身邊漂來漂去的由梨子，突然在旁邊對我說。

我看著她的側臉，一副很睏的樣子瞇細了雙眼，上下睫毛疊在一起。由梨子從游泳圈伸出的雙腳能看見她有穿褲子和足球襪的部分白白的，也就是稍微有所謂「足球曬痕」的曬黑。

我也把軀體緩緩後傾，試著讓身體浮在水面上。潔白的積雨雲有如飄在空中的城堡那般，巨大地聳立著。

「天空非常藍呢。」由梨子喃喃道。她現在很想睡覺，雙眼半睜。

「嗯。」

我點點頭。「不過我跟你看見的藍色，說不定可能是不同的顏色呢。」由梨子說出了莫名其妙的話。

「是一樣的吧。」

「我也這麼想，不過說不定我們看的方式不一樣嘛。因為別人看顏色的方式什麼的，這種事絕對無法確認啊。」

「喔。原來是在說這個啊。」

我以前曾經看過觸及由梨子所說的那種話題的書籍。

「不覺得思考那種事會感到不安嗎？」由梨子看向我說道。

「妳不是會想那種麻煩事的性格吧。」

我那樣一答，由梨子便輕笑了下說：「真沒禮貌。」她用手啪嚓一下向我潑水，我用手抹掉臉上的海水，鹹鹹的味道在口中擴散開來。

那樣閒聊一陣之餘，由梨子隨著泳圈漂浮，我則潛下水游了一段短短的距離，不久之後——

「差不多該上岸了吧，已經是吃午餐的時間了。」

在我說話的同時，由梨子從游泳圈上頭下來了。

我跟她一起在海中前行走上海灘。在上岸的一瞬間，水滴從由梨子的泳裝上滴落，那莫名鮮明，令我忍不住別開了視線。

☆　☆　☆

我們在海邊能直接穿濕淋淋的泳裝進入的咖啡廳吃午餐。店裡一整排木頭地板和木桌，我們被帶到延伸到沙灘之上的露台座位。我跟哥哥坐隔壁，由梨子跟和泉坐在對面的位子上。兩個女孩子都在泳裝上套了一件連帽外衣，在跟店員點完餐之後——

「隆一你有來過這裡嗎？」由梨子開口詢問哥哥。

「嗯。去年我也跟女友來過。人不會太多，有品味的店也不少，我還挺中意的。」

「喔～你還有跟那個人在交往嗎？」

「不，不久前分手了。」

「喔，這樣啊……抱歉。」

由梨子懷著歉意道了歉。不過因為是這個人，我想絕對沒必要道歉。哥哥也笑笑地從旁幫腔說：「其實也無所謂啦。」

「為什麼會分手？」

我這麼一問，哥哥便顯露出奇妙的表情開始說起。

「要說明確的理由，我想多半沒有。見面相隔的時間漸漸地越來越長，接著我們談了類似『就到此為止』的話題，之後就那樣了。」

「所以說是你們兩人沒感覺了？」

由梨子問道。

「嗯。因為是同齡的女生，不是也會有因為上班或環境改變之類的事嗎？會有那種藉著邁入新生活的時機，想要徹底改頭換面的女生對吧？大概就是那種感覺吧。」

「唔～我不太理解呢。」由梨子苦著一張臉說。

「不過成了大學生以後，也許那種人會變多喔。」

「才沒有那種事，要看人。」

「我的朋友中，前陣子也有女生被甩了分手，她情緒不穩到覺得要世界末日了。」

「為了那種事世界就要終結還真是不得了。」我說完，哥哥輕笑了下。

和泉或許是不喜歡這種話題吧，她用手機拍下菜餚的照片後，就用湯匙舀起手抓飯，即使偶爾浮現笑瞇瞇的親切表情，也一直沒有參加對話而是在用餐。或許是發現那件事，哥哥對和泉丟出了朋子伯母的話題。由梨子也對和泉的媽媽頗感興趣。

用完餐之後，我們又再次回到海邊。

「和泉同學，我們去玩沙吧。」

由梨子在海灘傘下暫且脫掉連帽外衣重新塗好防曬，之後再次穿起上衣邀請和泉。

「嗯。」和泉也微笑點點頭，她們兩人一起朝著波浪拍岸的地方走。而後兩個人在沒有人的地方坐了下來，開始做起類似小山的東西。

「今天為什麼邀我們來？」

這是今天我跟哥哥第一次兩人獨處，便問了自己在意的事。

「因為先前去家裡的時候，跟里奈約好了要再去玩。就我和你跟里奈三個人也可以，但那樣可能會被怨恨，所以我也問了由梨子。」

「那什麼意思啊。」

「你明明就知道。」

我只說了那句話，哥哥就露出了帶有嘲笑意味的笑容。

「不過就算不是那樣，有機會跟里奈聊很多，真是太好了。」

「聊了什麼？」

「不是什麼奇怪的話題啦。像是在家裡的生活過得如何之類的，很多事情。里奈思索著要怎樣跟你相處，大概遠超乎你的想像。」

和泉跟哥哥說了什麼呢？縱然很在意，但我不認為問出口，這個人就會告訴我。
他說了聲「那麼——」然後站了起來。
「為了別讓她們兩人被搭訕，我也一起去玩吧。女子二人組什麼的，就像是在叫人趕快把她們當目標。那兩人雖然是高二，但感覺有點成熟。」
「……沒想到居然會有覺得搭訕高手可靠的一刻到來。」
「吵死了。」
哥哥那樣說完之後，就穿上海灘涼鞋走向和泉她們那邊。

☆　☆　☆

……能聽見波浪的聲音。
當我雙眼半睜之際，我看見紅白相間的海灘傘。看樣子我好像是在一個人躺著的時候睡著了。我一抬起頭，就看到眼前有白皙柔軟的東西。
「啊，你醒了？」
我聽見和泉的嗓音，視線便面向她那邊。將頭髮紮起來的和泉面帶微笑。她的腳就在我的身邊。當我認知到那點，心臟就開始默默地怦怦直跳。在她連帽外衣下襬底下的紅色泳裝，露出一雙白色大長腿。她就在我身旁，交叉雙腳隨意坐著。沒有拿手機也沒有拿書。

「妳在做什麼？」

我這麼一問，和泉搖搖頭答了聲「沒什麼」，接著泛起像在惡作劇的表情。

「或許我是第一次看見你睡覺的樣子呢。」

我究竟睡在和泉身邊多久了？我睡覺時又露出怎樣的表情呢？隨著意識清醒過來，我感到相當羞恥。我清清喉嚨爬了起來。我用手摸摸頭，確認睡醒時有沒有頭髮亂翹。

「妳不玩沙了嗎？」

我坐在和泉身旁，抱膝而坐開口問她。

她點點頭指向海邊。

「被海浪打到好幾次，已經被毀得差不多了。」

她手指的前方有個高約五十公分，猶如融冰一般即將崩毀的沙山。還能看見由梨子在附近仍舊穿著泳裝和哥哥一起玩耍，或踢或丟有足球大小的海灘球。

「和泉妳不去游泳嗎？」

我開口發問，和泉面露苦笑搖了搖頭。

「我不會游泳。但是我剛跟森同學一起稍微走進了大海喔。」

她那樣一說，我看到她的雙腳確實好像有點濕了。

「這樣啊。」

我的視線再次回到前方。巨大的波浪拍岸，從和泉與由梨子建造的山挖掉沙子，並隨著白色的泡沫再次回歸大海。

「總覺得一直以來我好像虧大了。」

和泉忽然低聲道。我不知道她在說什麼，於是看向了她。和泉凝望著由梨子他們的方向。

「因為以往的暑假我都一直在家裡看家。我也沒有去媽媽那邊的親戚家，就連來海邊玩，這也是第二次。念小學的時候，媽媽雖然有帶我來一次，但也就那樣了。」

「伯母她從以前就很忙碌啊。」

「嗯。她孤身一人養育我長大至今，我很感謝也很尊敬她。不過我偶爾會覺得念小學的時候過得真是寂寞呢。」

我是第一次看到傷感的和泉。即使住在同一個屋簷下，我也不曾碰觸過她內在的一面。

「最近呢……」和泉像在低喃一般輕聲說。

「我有點覺得自己是不是太過介入了健一你的領域，應該說是生活？」

「不，那種事——」

縱然腦中浮現出接下來要說的話，但是由於受到害羞和丟臉的阻礙，讓我暫且把那句話縮了回去。和泉望著由梨子與哥哥的側臉，要說的話有點像是苦惱，或是寂寞那樣的感覺。

快說。我在心中那樣激勵自己。

「能跟和泉認識真是太好了。一想到我們原本說不定一生都遇不上，就覺得很寂寞。」

和泉迅速起了反應望向這邊。在四目相交的剎那，和泉的身體一瞬間抖了一下，視線隨即轉回原本的方向。

「嗯。我也覺得能遇見你真是太好了——雖然關於保持距離的方式，我到現在還是有些搞不太懂的地方……」

「——保持這樣就可以了。和泉妳是在很多事情上都太過體貼他人的人，舉止可以再稍微漫不經心一點，我覺得那樣會剛剛好。」

我不知道說這種話究竟對不對，有沒有解答她的煩惱，不過我是盡力擠出話那樣說的。

嗯——和泉也點點頭說。

「謝謝你。」

她那樣一說，讓我對自己所說的話感到害羞，耳朵發燙。

對話在此中斷，沉默降臨。不過有如陣雨般激烈的蟬叫聲、人們在海邊玩樂的愉快話聲，以及不斷重複的波浪聲，填滿了沉默。

過了一會兒，我留下「我還想再游一下」這句話，接著走向大海。離被波浪打得又黑又濕的地方有些距離的場所，我在那裡脫掉涼鞋走向沙灘，感覺腳底熱到好像會被燙傷。一踏進濕掉的地方，沙子唰的一下崩了，我的身體沉了下去。

☆ ☆ ☆

太陽開始下山之際，我們從海中上岸，做好回去的準備以後，就決定在海岸稍微漫步一下。由梨子一身藍色無袖背心搭黑色短褲穿涼鞋的裝扮，和泉則是穿著無袖長版上衣。

微熱的海風吹過出門一整天而疲倦的身體，相當舒服。海面上的雲染上柔和的粉紅色，街頭變成淺藍色逐漸天黑。從這一帶的樹木，傳來暮蟬和寒蟬的叫聲。在行走的這一小段時間，黃昏的暗色漸濃，在地面上延伸的影子逐漸融入黑暗之中。

在回程的車子上，坐在後座的和泉與由梨子一直在聊些什麼，但是過了一小時左右，就聽不見聲音了。我坐在副駕駛座上看了看後照鏡，她們兩人閉上雙眼，頭部完全放鬆傾倒睡著了。她們兩人互相依偎，變成由梨子的頭靠在和泉肩膀上的樣子。

「健一。」

哥哥叫了我一聲。他用被陽光曬得黑黑的手握著方向盤，視線直直望著前方。有時他手腕的銀飾會反射隧道的燈光。

「幹嘛？」

「前陣子去吃燒肉的時候我所說的那些話，你想過個中含意了嗎？看到今天的你以後，我有點擔心起來了。」

他那樣小聲說道。

我瞥了一眼後照鏡，她們兩人似乎還睡得很沉。

「別讓她哭喔。」哥哥短促地說道。

「我知道啦。」我也一樣小聲回答。不可能永遠保持這種關係。由梨子所說的話，我也已經確切感受到了。

車子的震動讓人覺得更想睡覺了。隧道裡的燈光從前方到後方一路流逝。

她們兩人在接近我們居住城市的時候醒來。先到由梨子家，回到坂本家以後，哥哥騎機車回到自己的公寓。一直坐在後座的和泉或許還很想睡吧，她一邊揉眼睛一邊走進家裡。

那天晚上，即使躺在床上，我卻還記得波浪的規律。意識也好、身體也好，都隨著回憶的波浪搖晃。

發生了很多事的夏天即將過去，我在黑暗中一閉上雙眼，發生在這個夏天的許多事件便浮現出來。

因為晚上很早睡，一大早我就醒了。看了看手機螢幕，現在才剛過五點。

房裡一片昏暗，不過深藍色的窗簾滿溢著淡淡的光芒，能感受到早晨的氣息。

我靠近窗邊拉開窗簾。

眺望著清晨接近灰色的淺藍色天空，接著打開窗戶。我套上晾衣服的時候用的涼鞋來到陽台。尚未完全天亮的空氣冷颼颼的很涼爽。

城市還在沉睡中，能聽見遠方傳來車子奔馳的聲響，然而那樣細微的聲音，反而令人強烈感受到整個城市有多麼安靜。

跟著我忽然發現，腳邊倒著一隻油蟬的屍骸。牠腹部朝天腳縮成一團，一動也不動。那隻蟬的屍骸給人一種宛如已經榨乾了一切之後，那樣子空空如也的印象。

八月也剩下沒幾天了。

雖然強烈的陽光我想還會一直持續下去，但太陽下山的速度，比起梅雨季剛結束的那時候，已經快得多了。

我用手拾起蟬的屍骸。就像張紙一樣輕盈。跟著將它丟進庭院裡有土的地方。

在外頭待上一陣子，我看見遺留夜色的天空中能看見的遙遠星光，由於白天的亮光而漸漸淡去。

即使進入九月，仍會持續著炎熱的天氣。不過我感覺到涼爽的早晨空氣、夏天的氣息，接下來將逐漸消散不見。

第三章　季節與心境的變遷

第二學期的開學典禮早上，我下樓到客廳就看見和泉穿著短袖制服吃著早餐。

我去社團的時候，即使是暑假也穿制服，因此即使早起做上學的準備，我也無法確實體會到第二學期已經開始。不過當我看到和泉穿制服，突然就湧起了那種真實感。

媽媽與和泉兩人互道早安，我也就坐開始吃早餐。餐桌上有小香腸和荷包蛋，還有三人份的便當盒。

我們三個人沒說什麼話，匆匆忙忙地度過早餐的時間。不久後和泉起身說了句「我出門了」就側揹起書包往外走。之後媽媽也喝完咖啡出門去工作。

我吃完早餐接著收拾三人份的餐具，鎖好門以後離開家裡。騎上腳踏車，在早上的住宅區前進。到了大馬路之後，便看見許多車輛、通勤中學生們的身影。是和放暑假以前一樣的、往常的平日早上。

開學典禮那天沒有上課，結束一小時的班會，吃完午餐以後，下午有社團活動。

在社團開始前的時間，我跟長井併桌一起吃便當。很多學生為了參加社團或是為了回家離開了教室，不過後方有一群女孩子不知怎的說話很大聲，加上走廊響起吵鬧的聲音，因而教室裡顯得有些吵。在那當中，我們一如既往地一邊閒聊一邊吃午餐，忽然間長井用嚴肅的樣子說了句：

「我有件事想告訴你。」

「是什麼？」

我心裡想著究竟是什麼，暫且放下了筷子問他。

「我決定跟橘交往了。」

長井冷不防地說道。

我嚇了一跳，不禁望向周遭。在聽得到我們話聲的範圍內沒有人。而且教室裡沒有任何人注意到我們。

「真的假的？從什麼時候開始？」

「大概是一週前，我們兩個人一起去玩。回程路上橘就講了那件事。」

「然後你回應她了嗎？」

「嗯。雖然那時候我要她等我一下，但前天我打電話回覆她了。」

「你喜歡上橘了呢。」

聽我那樣一說，長井「嗯」了一聲，有些害羞地點點頭。

「起初老實說沒什麼興趣，不過在一起玩的過程中，漸漸有點喜歡上她。我知道她對我有好感，我也逐漸覺得她很可愛……」

「先前你們牽了手呢。」

「——什麼嘛，你果然看見了嗎？」他說。

「……抱歉，我看見了。」

「不，你不必道歉。我也知道你和森兩個人靠得很近。」

聽他說完我頓時語塞。

果然露餡了嗎？不過都已經做得那麼明顯了，我想還不知不覺的傢伙也實在是太遲鈍了吧。

這並不是我第一次體驗到朋友交了女友。不過總覺得跟長井面對面坐著，會不由得湧現一股害臊的感覺。我感覺到長井彷彿也有種難為情的氛圍。

「我們去操場吧。我只打算告訴你還有森，對其他那群傢伙依然要保密啊。」

「嗯。知道了。」

我們收拾好隨身物品，一起離開了教室。

☆　☆　☆

即使到了九月，果然下午剛開始的時段，室外還是很悶熱。我在外頭的置物處換穿釘鞋，在結束兩人一組的基礎練習以後，我已經滿身大汗了。

在社員們練習的期間，身為經理的兩人在操場的一角踢球。因為跟長井聊過那些話，我偶然之間視線不經意瞧向橘在的方向。看見橘踢球好幾次以後，總覺得她已經進步頗多。以前沒個像樣的踢球姿勢，但現在已經能用腳內側把地滾球向前踢了。

到了休息時間，我去洗手檯用水冷卻脖子。跟著橘也來洗裝水桶。我們兩人並排沖水，附近充滿著水聲。我把頭放在水龍頭底下，讓水從發燙的脖子往後腦杓淋下去，而後轉動水龍頭關水起身。頭髮用橡皮筋綁成兩撮的橘，穿著短袖體操服，袖子捲到肩頭，她把水灌進桶子裡，喀啦喀啦一邊搖晃一邊用水洗。

「我從長井那邊聽說那件事了喔。」

我向著她的背影說，橘停下了手迅速回頭望著我。在外面練習的管樂社社員的樂器響起，附近有穿著短褲的幾名田徑社男女邊笑邊向前走。橘臉上浮現出冷不防嚇了一跳並摻雜害羞的神情。

「太好了呢。」我一說完，她的視線回到前方，以仍舊略嫌舉止詭異的樣子，用又輕又高亢的聲音說了聲「謝、謝謝你」。在那之後，她發出讓人發毛的「呵呵呵呵呵」的笑聲，同時讓清潔劑滴到海綿上。有種她的喜悅從身體底部往上直衝，無論如何都會笑出來的感覺。

在所有人重新開始練習以前，我回到操場上，獨自一人開始練習踢自由球。在罰球區四周適當的地方把球放下，設想牆壁和守門員的位置，把球踢進無人的球門裡。每次一踢，乾燥的地面就會揚起沙塵，有微微的風吹過。

過了一會兒，包含由梨子在內，有好幾個社員也來到球門前，其中一人站上守門員位置，我們便依序踢球。

「接下來輪到我踢喔。」由梨子說完，就從球門前方靠右的地方，用右腳踢出一記向右拐的射門。雖然變化緩慢，是很柔和的球，但是路徑很棒，掠過守門員的指尖進了球門。「喔～」周遭的男生發出似乎很欽佩的長呼，「哼哼～」由梨子半開玩笑，得意地抬頭挺胸。

那天，橘和長井似乎要一起回去。

「我們約好要在鞋櫃區碰面。」長井跟我一起在操場上用整地工具的時候說道。社團活動結束，換好衣服等社員們回去以後，長井和橘要在鞋櫃區碰頭。我跟由梨子也會跟他們一起待在那裡，直到離開校門為止四個人一起走。他們兩人的氣氛沒有奇怪的緊張感，感覺跟以往沒什麼變化。

跟長井他們道別之後，我跟由梨子兩人騎著腳踏車回家時，也在談論他們的事。

「或許那兩個人意外很合得來呢。好像能維持很久。不過要是分手，會破壞社團的氣氛，他們要是不撐個半年左右會很傷腦筋呢。」

從車潮眾多的國道旁小路，進入我們居住的住宅區之際，由梨子這麼說。

「只要橘不嫌膩，長井沒問題喔。包括社團的事，他似乎從以前就有考慮過了。」

「這樣啊。明香里那邊，我想……也不會嫌膩……大概。」

她那樣說，接著「唔～」一聲似乎有些擔心地低聲道。

「也是有單戀中倒還好，等開始交往以後就漸漸覺得厭煩那種類型的女生。」

對面的紅綠燈變成了紅燈。我停下腳踏車忽地仰望天空。褪去藍色，開始變暗的天空中，受到夕陽照耀發出紅色光芒的魚鱗雲漂浮著。往旁邊一看，由梨子正面無表情地看著這邊。她輕輕呼了一口氣，將捲到手腕上方一些的長袖罩衫袖子一口氣捲到手肘上方。隨後——

「話說和泉同學，她什麼時候會回去？」

她用漫不經心的口氣問我。突然提到和泉的事，因此我也稍微頓了一下才答得上來。

「……呃，一月。大概過了年以後馬上就回去了。」

「這樣啊……還有大概四個月啊。」

她說完以後，短暫沉默了一下。

「感覺說長不長，說短不短呢。」她的視線回到前方，像是自言自語般說道。

我的雙眼也望向前方的紅綠燈。綁在電線桿上，塗成灰色的燈體部分受到夕陽照耀，看起來有點泛黃。

有一台車亮著小燈從我們面前穿越。紅綠燈的燈號已經由紅轉綠。我和由梨子再次一言不發騎起腳踏車。到了由梨子家門前的時候，她短短說了句再見，下了腳踏車輕輕揮手。

我抵達自家進入客廳之際，和泉正在摺衣服。可能已經回家一陣子了，她換上了米色的罩衫，還有緊身牛仔七分褲的打扮。

「啊，歡迎回家。」

「我回來了。」

我當場放下隨身物品，也幫忙一起摺。

我沒多想就開始摺了，忽然間我想到要是混有女用內衣褲該如何是好，於是我戰戰兢兢地再次望向還沒摺的衣物，但我發覺那一如既往似乎有確實分類好，便放下了心中大石。只有浴巾、洗臉毛巾和T恤之類的而已。

我拿起手邊的T恤摺好。剛晾乾的衣物散發出柔和的氣味。和泉跪坐著，在大腿上把毛巾砰砰地用一副很熟練的樣子摺好。在昏暗的傍晚之中，照進窗戶的光線，讓她的髮絲散發著蜂蜜色的光輝。

☆　☆　☆

「陪我去買東西。」

九月中旬的星期五，終於習慣重新開始的學校生活，我在做晚餐的時候，身穿制服剛回家的和泉對我這麼說。

「啥？」

我正在廚房煮晚餐的味噌湯，聞言便停下手邊的動作，做了個很蠢的回應。

問她是要買什麼東西，她表示不久前入院的男老師好像很快就要回來，為了慶祝全班想買點什麼禮物送給他，她是負責挑選的人員。

「我沒買過男性使用的小東西，想像不了該買什麼才好。所以如果你有空，請跟我一起去。」

我跟她面對面坐在餐桌前，和泉低了一下頭說。

於是乎我們在隔天星期六的早上十點，在客廳碰頭。當我準時下一樓，就看見身穿沉穩的咖啡色長袖長版上衣的和泉，已經帶著外出時常揹的斜背包，以準備就緒的感覺坐在沙發上。

我們在玄關穿上鞋子離開家裡，「路上小心。」在庭院替植物澆水的媽媽開口對我們說。和泉應了聲是，接著輕輕揮手。

目的地是車站前的百貨公司。我們打算搭公車去站前道路，所以我們並肩走到最近的公車站。

公車在恰好的時間點來了。因為只有剩下兩人座的位置，我們便並排坐下。我們甫一坐定，公車就關上了門開始行駛。車內響起告知下個停車地點的女性廣播語音。

在乘坐公車的期間，和泉跟我聊起在校慶演出朗讀劇，還有回來的老師跟我體型一樣之類的事。她雙手放在大腿上，左手腕上戴著我初次遇見她那時相同的手錶，隨後她剛搬過來那時候的緊張感忽然在我腦海中甦醒。接著，我確實感受到這三個月以來，我跟她的距離感產生了很大的變化。

現在和泉會笑盈盈地講起學校的事，不像當時那麼嚴肅，我也不會在腦中四處尋找著該說什麼，而是自然而然就能脫口而出。

我已經有種和泉像是一直生活在那個家的感覺。在她來到家裡之前，我是如何跟媽媽兩個人一起過日子，要回想起那種感覺似乎還更困難一點。

過了二十分鐘左右到了車站前。我們下了公車，走在鋪設整齊的道路上，以百貨公司為目標。這一帶有高聳的大樓和公寓林立、有電影院、有時髦的咖啡餐廳，是市中心最熱鬧的一條路。

走上幾步路，進入了我們要去的百貨公司。坐上電扶梯，登上賣西裝的樓層。

「昨天回家的路上時我也有來，那時候有決定好幾個候選……」

和泉說著在樓層上前進，進入販售西裝、外套等等，感覺很正式的店家。接著用雙手拿起領帶。

「請你站在那裡一下下。」

陳列領帶的架子旁擺了面鏡子，和泉在鏡子前開口道。我走到那裡去，隨後她將那些依序放在我的胸前。她的指腹溫柔地觸及我的咽喉。

「健一你穿白襯衫來正好。」

和泉在我眼前露出微笑低喃著「該選那邊好呢？」，並同時將灰底帶細藍線的領帶和穩重的深藍色領帶，好幾次放在我的胸前深思。「您是要送禮嗎？」之後有位留著一頭黑色捲髮的年輕男店員過來搭話。

「啊，是的。我正在猶豫該選哪一條才好……」

「這樣啊。」那個人說完考慮了一下以後說：「我想這條灰色的比較適合年輕人喔。」

他這麼說，並拿起灰色的領帶。而後和泉面露似乎很傷腦筋的笑容，單手在臉的前方緩緩揮動。

「啊，不過我是要送學校的老師。大概四十歲左右的……」

「啊，原來如此啊。」

店員慌張地開口，並且再次望向我說了聲對不起。不知怎的我也覺得有歉意，於是同樣說了聲對不起道歉。而後——

「健一你覺得哪一條好？」

和泉把話題丟給我。

「唔～」

只有冬季制服才會繫領帶，所以我實在提不出什麼意見。

「依我的感覺比較喜歡這邊的吧。沉穩一點的色調應該比較好搭。」

我那樣講並且指向深藍色的領帶。

「原來如此～」

和泉在那之後，又花上一分鐘左右細細苦惱，說完「就這條吧」以後，挑了我選的那條。

「咦，那樣好嗎？」

「嗯，決定了。」和泉點點頭走向收銀台。

和泉將在收銀台包裝好的領帶盒塞進背包裡。也許是已經募過款了，和泉從信封裡拿出好幾張千圓大鈔接過收據。

「謝謝你，託你的福應該會是個好禮物。」

離開店家的時候她那樣說。

「哪裡……雖然光是這樣，我不知道算不算是有幫上忙……」

「不會不會。真的是幫大忙了。」和泉說道。

那之後我們順路去書店的樓層和家飾家具店閒晃一通，花了三十分鐘左右再次回到一樓。

然後當我們經過百貨公司出入口附近的雜貨店之際，和泉似乎受到什麼東西吸引放慢了腳步，目光望向店裡。

「要去看看嗎？」

她顯然想要順道去看看，於是我開口一問，她驚訝了一下，接著看向這邊。

「啊，嗯。抱歉。那我就稍微看一下。」

和泉說得有些害羞，隨後進了店裡。

那間店陳列著精油和女性用的居家服之類的物品。架子或海報等等大多使用白色或粉紅等等粉彩。周遭的客人們也多是打扮得沉穩溫柔的年輕女性。從店前類似加濕器的東西，噴出氣味很好聞的蒸氣。

和泉凝視著（應該是）顏色和形狀都類似冰淇淋的香皂喃喃說著「好可愛～」。不是那種「說著好可愛的我很可愛」的那種感覺。只要和泉不是超乎我想像的黑心裝乖巧，這便是她原本的樣子。

「我在從學校回家的路上偶爾會到這間店逗留一下，光是看就感覺得到療癒了～」和泉用悠然的口氣說。

「原來是這樣啊。」

「嗯，看到可愛的雜貨，就能消除內心的疲勞。」

「哦～」

和泉在看完香皂和精油以後，又大致瀏覽過輕飄飄毛茸茸的衣服，接著我們就離開了百貨公司，和泉穿過打開的玻璃門，跟著我也到了外頭。

近午時分，太陽高掛在天際，白茫茫的光線傾注在地面上。但凡金屬桿、路上的鏡子、紅綠燈的邊框、大樓窗戶或是天橋扶手的邊角等等，陽光照到許多物品上會反射出銳利的光芒。

和泉買好了要給老師的禮物，所以今天的目的已經結束了，不過出門的感覺很不錯，就這樣回去不免讓人覺得有些可惜。況且跟和泉一起散步，還能像剛才在雜貨店那樣，看見以往所不知道的世界，那也相當有趣。

帶著那樣的心情，讓我走向公車站的腳步慢了下來。接著和泉突然停下了腳步，咦了一聲側頭看著我這邊。

「怎麼了嗎？」

想著自己的心思是不是被看穿了，我有點不安地說。

「那個孩子……」和泉指著我的背後說。

我往那邊看，只見一隻小型犬拴在陰影處的桿子上。和泉靠近那隻狗，轉頭看向在後頭追著的我說：

「是史黛拉喔，應該沒錯。」

她那樣說並蹲在小狗身邊。小狗驟然爬了起來，注視著和泉搖尾巴。或許是那樣的反應讓她有了把握，只見她用手掌輕撫小狗的背部。

我也覺得或許她說的對。這種咖啡色的毛加上讓人覺得高傲的表情，我有印象。

「也許是星野同學，或是她家的人來到這附近了吧。」

「誰知道呢。」

和泉站了起來，向著四周東張西望。我的視線也脫離史黛拉，轉過頭環顧周遭。跟著很快就看見一個熟悉的女孩子身影。格紋裙的上頭，套了一件灰色的連帽外衣。

「……找到了。」

百貨公司一樓電梯等候區的地方是玻璃牆，從外面可以一覽無遺裡面的狀況，然後就在我們的附近，星野同學正看著手機四處徘徊。

「咦，在哪裡？」

我對望著我的和泉，用視線示意星野同學的所在處。

「啊，真的是耶。」

和泉也嘟噥道。

我們再一次進入百貨公司裡，靠近在電梯等候區的她。一邊走路一邊看手機的星野同學，沒有注意到我們這邊。

「哇！」

或許是想要惡作劇吧，和泉在後面雙手交握，突然從星野同學的背後對她喊了聲。

「哇啊！」

星野同學嚇得肩膀向上震了一下。我因此瞄到了她的手機螢幕。看見了最近很流行的ＡＲ遊戲的螢幕。

「里奈妳真是的——啊，真是嚇死人了……」

星野同學「呼」地吐了一口氣。而後注意到我也在便發出了一聲「啊……」，接著說：「坂本同學也是。好久不見了。」儘管有一瞬間舉止詭異，還是向我打了個招呼。

「妳在做什麼？」

我向她提問。

「不，我在抓東西……我本來應該在附近散步，不知不覺間就到了這種地方來……」

星野同學用不知為何似是在找藉口的感覺，忸忸怩怩地說。

「抓東西？」

和泉愣愣地歪了歪頭。

☆　☆　☆

因為跟史黛拉一起，所以回程我們沒有坐公車，而是緩緩步行到我們居住的地區。時近中午，氣溫漸漸上升，微微有些出汗，史黛拉走路時也伸出舌頭。

「你們兩人在做什麼……怎麼說，我跟著一起走這樣好嗎？」

在邁出步伐後不久，星野同學就問了和泉。和泉則是很不可思議似的歪歪頭說：「為什麼？」

她接著回答：「我去挑那個禮物。覺得聽聽男性的意見應該比較好，就找健一幫忙了。他跟老師不管是身高或髮型都很像。」

「喔，原來如此啊。」星野同學說道。

「我還以為是不是同居中親戚之間的約會，怎麼說，類似正在進行戀愛喜劇漫畫那種會讓人不得不盼望快點爆炸的事件……」

星野同學一口氣說完那一長串的話。和泉是懂或不懂其中的意義呢？只見她泛起一抹苦笑。

在回程路上和泉和星野同學說要去買午餐，就走進了麵包店。那裡是兼營小型咖啡廳的一人商店。雖然我沒有進去過，可是似乎是和泉在這個城市其中一個中意的地點。那種山中小木屋風格的建築物，附有綠色屋頂、紅色拱廊，怎麼看都是和泉似乎會喜歡的那種時髦的氛圍。

我把自己那份的零錢交給和泉，在那段期間和史黛拉在店外等。我走進拱廊下有陰影的地方，抓著牽繩站著，牠悄悄在我腳邊老實地坐下。

過了一會兒，她們兩人拿著裝了麵包的紙袋回來。跟著在那之後，和泉表示天氣很好想去一下公園，於是我們前往位於我們所住的住宅區稍微後頭，有草坪的公園。

途中由於星野同學說「因為在我家附近，我去拿在公園玩需要的東西」，故而也決定去她家逗留一下。星野同學的家跟我們所住的房子一樣，是和這住宅區一整排家家戶戶同樣大小、設計的獨棟房子。她將史黛拉的牽繩交給和泉，快步走進家裡，很快拿出了小小的運動提包。

「讓大家久等了。」星野同學說道。提包裡似乎放了塑膠墊、伸縮牽繩之類的東西。

而後當我們進入目的地的公園，就在自動販賣機各自買了飲料，在樹蔭下攤開塑膠墊坐下。將史黛拉的牽繩綁在附近的樹木，牠懶懶地躺在草坪上。

星野同學跟和泉兩個人像面對面坐著那樣聊起學校的話題，我坐在史黛拉的附近，一邊喝著從自動販賣機買來的罐裝礦泉水，一邊摸牠的頭。牠似乎沒有特別高興，仍舊一副面無表情的樣子。

「妳買了什麼禮物？」

「呃，就這個。」

和泉從口袋裡拿出手機，把剛才買的領帶照片給星野同學看。星野同學跟和泉兩個人頭都快貼在一起地看著螢幕。

「話說為什麼會是和泉負責挑給老師的禮物？」

我不知怎地覺得在意便出聲提問，星野同學面向我笑瞇瞇地回答。

「因為里奈是我們班的時尚負責人。」

「……那是什麼啊？」

我搞不懂是什麼意思而反問，

「順帶一提愛子是漫畫的負責人。」

和泉愉快地說道。「反正我就是正宗宅女啦……」星野同學低頭輕聲道。和泉似乎是聽不太清楚，便歪歪頭說：「宅女？」星野同學連忙搖搖頭說：「什麼事都沒有。」

「那是什麼負責人啊……」

我只能做出這種反應。如果那是她們就讀的女校的哏，可真是太過不可思議，令我著實不能理解。

我咬下和泉剛買來的三明治，喝下寶特瓶的水。我不由自主順著發展跟到了這裡來，但也覺得我在這裡有種格格不入的感覺。

雖然陽光炎熱，但陰影底下很涼快，待得很舒適。九月過了一半，蟬的數量也少了許多。儘管偶爾就像是勾起人記憶那樣，還會聽見哪裡響起叫聲，但那隨即驟然而止。當我觸碰塑膠墊旁的草坪，發覺那意外很涼爽。

「先前的模擬考妳考得怎樣？」星野同學詢問和泉。她們兩人手上拿著剛買來的三明治聊著天。

「還是老樣子。真希望理組的科目成績能再好一點。」

「妳有在想要念哪間學校了嗎？」

「嗯。我已經有在考慮幾間想考的地方了。」

「是喔。那我也差不多該想想了呢。」

她們兩人在討論模擬考和參觀大學的事等等，跟大考相關的事情。雖然對於念升學學校的兩人已經處於這種氛圍感到佩服，但另一方面連點像樣的準備都沒做的我感覺有些焦慮。

星野同學帶來的網球從包包裡滾了出來。我撿起它，將它滾向史黛拉。橫躺著的牠爬了起來，稍微走了幾步路，用嘴巴將球叼住，啪嗒一下放到我的手頭。

就這樣在和泉與星野同學對話的期間，我一直在跟狗玩毫無幹勁的接球遊戲，「健一你有考慮過前途嗎？」和泉把話題拋給我。

「啊，嗯──目前是打算升學。我想大概會考文組的科系，但詳細的部分我還沒決定好。」

「你有什麼想做的事嗎？」

「雖然還不明確，但我有一些想要學習的東西。和泉妳有想學什麼嗎？」

「雖然是很難為情的事，但說到這方面的話……要念什麼東西，還有適合什麼工作，我最近正在調查。」

語畢，和泉放鬆斜坐的腳動了動。

「愛子妳有什麼想做的事嗎？」

接著星野同學靜止不動一會兒並做出回覆。

「唔。未來的路我是想要考慮得現實一點去好好工作……不過我的興趣是畫插畫，所以我想一直繼續畫下去呢。雖然畫的不是特別好，可是畫圖的時候很開心，在活動中還能交到各式各樣的朋友……」

「總覺得很棒呢。」和泉說道，接下來──

「隆一哥為什麼會決定走上現在這種路呢？」她好似在問我一般說道。

「就是說啊。」

我也歪歪頭。如果是遭到至親那樣大力反對，上的是知名大學，社交能力也很好的他，就算要去上班也不費吹灰之力吧。

「是靠做想做的事活下去比較好呢？還是靠仔細思考自己做得到的事活下去比較好呢？」聽我自言自語，和泉表示同意道：「這是永恆的問題呢。」跟著大口咬下三明治。

某處吹來一陣風，是涼爽的秋風。樹葉搖晃，綠葉紛紛落下。然而那些綠葉的輪廓上，卻已開始染上紅色或黃色。

天空並非像夏季那樣，是只令人感到沉重的深藍色，而是似乎能無限向高處延伸那樣清爽的藍天。

我忽地跟和泉四目相交。和泉偶爾會有愣愣地陷入沉思的時候，現在也像那樣，一副心不在焉的樣子。

「怎麼了嗎？」

我這麼一問，和泉宛如回過神來似的震了一下，隨後苦笑道：「這麼說來……」

「明年我就不在這個城市了。考慮起未來的事情之後，我剛剛忽然想到的。」

接著在玩手機的星野同學抬起頭。

「妳一直待在這裡就好了呀。里奈妳一旦回去，我又要回到一個人上學了。」

「啊哈哈……不過因為那是健一的家，光我個人的意見實在是……」

和泉面露似乎感到困擾的淺淺笑容。「喔，對喔。對不起。」隨後星野同學望向我這邊，似乎覺得有些抱歉地垂下了視線。

「——就算她待著我也無所謂。」

儘管我想這句話應該可以算在客套話的範圍內，但我不禁感到害羞，聲音好像在發抖。而且說出口以後，我也發覺這種發言有點噁心。和泉感覺也有些不知所措。

「謝、謝謝你……我很高興聽到你那樣說。總覺得最近都忘了總有一天要回我家。我想自己應該是習慣了在這裡的生活吧。」

她那樣說完以後，為了轉換心情我開朗地說：「總之我們三個人為了能應屆考上好好努力吧。」

「喔～」星野同學單手握拳跟著炒熱氣氛。與此同時，躺在旁邊的史黛拉「呼啊～」的一聲打了個大大的呵欠。

稍嫌沉重的氣氛一變，和泉從紙袋拿出另一個牛角麵包，開始咀嚼起來，星野同學在玩的遊戲似乎有了什麼進展，「就是這個！」她的視線開心地重新回到了那上頭。

……跟我行我素的兩個女生共處的空間，讓我有種自己不像是自己的感覺。

☆　☆　☆

進入第二學期，每當不知第幾次的颱風經過之際，暑氣便漸漸緩和下來。

進入十月後的某個假日，因為由梨子要參加女足的比賽，我、長井和橘三個人便決定一起去看。起初只是我跟長井的預定行程，但是他告訴橘以後，橘也要一起來。

「講了之後，明香里說也想來，我可以帶她去嗎？」前一天晚上他用即時通訊軟體聯絡了我。

看到那則訊息的時候，我立刻有種不對勁的感覺。

——明香里？

那是橘的名字。

是他們在不知不覺間已經進展到用名字稱呼了吧。即使我回溯記憶，也沒有那傢伙用名字稱呼她的記憶。要是我有聽過一次，肯定會覺得不對勁，留在記憶當中才是。

不過把那種事用來當即時通訊互動的話題似乎也很蠢，於是當時我只回了句「知道了」。

他們兩人從開始交往後過了一陣子，但在社團活動的時候，他們也保持跟以前幾乎不變的狀態。就我所見的感覺，我想社團裡應該還沒有察覺他們關係產生變化的社員。
然後到了隔天，長井和橘一起在約好碰頭的公車站下車。橘穿著小碎花迷你裙，搭上白色長袖上衣。髮型感覺也打理得很漂亮。中長髮的髮梢弄成向內的捲髮，瀏海用夾子固定住。臉頰和嘴唇都透著紅潤，似乎是化了淡妝。
我們三個人舉步向前，目的地是位於河灘地的市立運動場，距離這裡約十分鐘路程。
我在走路的期間，聽著長井跟橘的對話，發現他們兩人果然是用名字互相稱呼。橘叫長井「啟太」。在旁邊聽的時候，不知為何反倒是我有種背上起雞皮疙瘩那種羞恥感。
「你們變成用名字稱呼了呢。」我一說完，長井便回答：「在學校以外呢。」
「總覺得很厲害。」
「你也用名字叫森不是嗎？」
「我們的狀況完全不是那麼回事。我都說過多少次了。」
「是嗎？不一樣嗎？就親密程度的意義而言。」
「不，才不一樣。」
「你對這種事意外地相當計較呢。所以才會用姓氏稱呼和泉同學嗎？」
「啥？」

「沒啦，畢竟一般都會用名字稱呼親戚吧？尤其是都已經住在一起了。」
隨後橘猛然面向我們這邊說道：
「嗯？住在一起？」
她歪歪頭疑惑地說。
「這怎麼回事？和泉同學是夏日慶典的時候，見到的那位學長的親戚對吧？」
我露出苦澀的神情，長井則用眼神示意「抱歉」向我道歉。
「啊……抱歉，用了奇怪的講法。那個人似乎是那時候，在坂本家稍微住過幾天。」
「住？那是什麼意思！」
橘用大吃一驚的感覺大喊。
「也是會有住宿這種事吧，既然是親戚的話。畢竟你說過她類似表妹對吧，坂本。」
「嗯，對。」
長井總算是替我唬弄過去了。「類似是什麼意思？」橘似乎還有些疑惑。不過既然是長井所說的話，她大概會聽進去吧。況且雖說是親戚，比起同齡男女住在一起那種離奇事，稍微住幾天這種講法應該比較有說服力吧。
關於和泉的稱呼方式，起初我有好幾次想要用名字叫她。可是最初自然喊出口的是姓氏，在不知不覺間就固定用現在的叫法了。

這也是我希望能保持跟她之間的距離不會靠得太近。不過現在回想起來，我感覺那似乎也產生了反效果。確實如長井所言，或許就親戚之間，一般來說都是能輕鬆互叫名字那樣的關係吧。

我跟和泉，結果究竟是怎樣的關係呢？未來我又想變成怎樣的關係呢？

跟她共度的生活，過完年以後就要結束了。但是在那一瞬間我們的關係應該並不會徹底斷絕，在那之後會變成怎樣，我完全無法估計，是再也沒什麼機會見面了嗎？又或者是……

在我思索那些事情的時候，長井他們的話題不知何時離開了和泉，變成其他的東西了。總而言之，跟和泉同居的事沒有在橘面前漏餡變成麻煩事，讓我鬆了一口氣。

再過不久就會抵達目的地市立運動場，在我們行走的步道旁，有小小的花圃，那裡開著淺紫色大波斯菊的花朵。周遭的房子庭院裡種著柿子樹，結了好幾顆紅通通的果實。混在行經汽車廢氣的氣味中，桂花甜美的氣息不時隨著涼爽的風飄來。

我斜眼看著跟橘對話的長井——他是個帥氣的傢伙。沒有自視甚高，也並沒有一絲輕浮，平凡地上學，平凡地學習、參加社團活動、跟女生交往、相當珍惜女友。

因為和泉而好幾次對他感到嫉妒的自己就像個笨蛋。獨自一人感到焦慮，陷入自卑……一想到自己應該是完全估計錯誤在唱獨角戲，我便發出了嘆息。

☆　☆　☆

我們的目的地——位於河灘地的運動場，用圍籬隔成棒球場和足球場兩邊。雖然有點凹凸不平，但足球場也有種草，在本地小學生和中學生的練習賽中也經常使用。我跟由梨子也從小學生的時候，就在這裡踢過好幾次了。

瞭望整座運動場，便發現由梨子穿著我們社團的藍色運動服，坐在運動場中央一帶做伸展。今天舉辦的是短期大學與女子大學隊伍的練習賽，由梨子似乎是認識的人找她湊人數才決定參加的。在由梨子周遭一群大約十幾人大家都穿著統一的運動服。

在球場與車道之間是鋪了水泥磚的坡道，我們就坐在那裡。

四周零零星星有在跑步途中停下腳步的人，或是似乎來看這場比賽的一群年輕人。然後在那當中，有個年約四十歲、撐著陽傘的女性，和一個小小的女孩子。是由梨子的表妹美雪。跟她在一起的女性，應該是她媽媽吧。

我一跟美雪對視，她就對我笑盈盈露出開朗的表情，她拉拉身旁女性的衣襬說了兩三句話，然後就跑向我這邊了。

「健一你也來看嗎？」
「嗯。好久不見了。」
看見跟美雪說話的我，長井和橘似乎相當困惑。
聊了一下天以後，美雪又再次小跑步回到媽媽身邊。她今天似乎是跟媽媽一起坐車出門，就順道來一下這個運動場。
「小女孩居然會親近坂本學長！為何！」
在美雪離去以後，橘模樣誇張地說。
「妳到底是怎麼看我的啊……她是我小學隊伍的學妹啦。是由梨子的親戚。」
「哦～這麼一說，確實覺得有幾分神似森學姊呢。」
橘遙望著美雪說道。
「學姊身上有著受足球女孩歡迎的特質呢。」
「啥？」我聽見她的低喃便開口反問。
「不，沒什麼。你用不著在意。先不說這個，我做了便當！坂本學長也請嚐嚐吧！」
話一說完橘便從自己的包包裡拿出布包袱。她把幾個用保鮮膜包起來的飯糰、和風炸雞塊與用保鮮盒裝的肉丸，放在她的大腿上。

☆　☆　☆

身穿帶著粉紅與藍色制服的由梨子貼上背號十一號，站在前鋒的位置上。位置在3TOP的中央。是她最擅長的位置。雖然周遭的人們都比她年長，但由梨子在那場比賽裡得了兩分。她接下跑到左邊的球，用盤球從斜角突破，再用右腳射門拿下一球，還有反擊當中從後方穿越，變成一對一對決躲過守門員滾進球門的一球。停球很準確，完全不給人可乘之機，即使遭受壓力，也會時常觀察周遭，踢球時保持從容。不愧因為一直混在男生堆中踢，那種沉著在球場上最為引人注目。

「那傢伙果然很行。」

比賽結束後，長井說道。

「雖然她自己很謙虛，不過照那樣看來如果依我們社團的等級，她完全能成為戰力呢。」

「嗯。」

我點了點頭。

我想著是不是不要跟他們坐在一起比較好，試圖離他們遠一點，不過他們兩人表示我待在一起沒關係而制止了我，直到比賽結束，我們都坐在一起。

比賽結束後，由梨子跟同隊的人們邊聊天邊做伸展，接著她在跟美雪以及她媽媽站著交談過後，走到了我們這邊。由梨子笑瞇瞇地和美雪互相揮手，她斜揹著白色運動提包，下半身仍舊穿著足球襪，只有上半身套了件藍色運動服。

「辛苦了。果然踢足球的學姊很帥。」橘說道。

「謝了。」由梨子用運動後暢快的表情說道，在橘的推薦下拿了一塊和風炸雞塊。在充分咀嚼以後，她看著我然後招了招手。

「健一，喂、喂，你來一下。」

「啥？」

我起身站立，走到由梨子的身邊。

「我口渴，我們去那邊的自動販賣機買水吧。」

由梨子的視線示意著路旁稍微有點距離的自動販賣機說道。「知道了。」我點點頭說。

「那我們就去一下。橘，謝謝妳的飯糰。很好吃。」

「嗯。學長姊你們也請自便。」

橘面帶微笑說。留下他們兩人，我們走到稍微有點距離的自動販賣機。

「那兩人似乎進展得很順利呢。」由梨子說著將零錢投進去，跟著發出噹的一聲，我拿起了掉下來的運動飲料。

「嗯。」

「不過健一，你們為什麼三個人坐在一起啊。你不更機靈一點怎麼行。」

「不，我在途中有想要離開，但是他們兩人說我在也沒關係……」

「唔──還以為你最近有好轉，但果然健一還是健一啊。」

由梨子說著那樣的話，喉嚨發出咕嚕咕嚕的聲音喝著運動飲料。

「坐這裡。」

由梨子直接坐在坡道上。橘他們發覺我們坐在有些距離的地方，露出了像是「咦？」那樣的表情。由梨子只是面帶笑容向著他們兩人揮揮手。

「不過沒想到會那麼順利……話說那有點黏過頭了吧──看著看著莫名覺得火大。真虧你能待在他們之間呀。」

「確實是……」

他們兩人緊緊黏在一起坐著，把剩下的便當吃完。橘一直在笑，好像非常開心。她用牙籤叉肉丸送到長井的嘴邊。

「「哇……」」我跟由梨子似是相當傻眼、又似是看見了不該看的東西那樣，同時發出難以言表的聲音。

由梨子似乎很仔細地觀察著他們兩人，然後斜眼望向我。

「……幹嘛？」

我這麼一說，她只說了一句：「沒什麼。」

由梨子跟我之間，只有一人份的距離。她的臉還有些泛紅，肌膚看上去好像也還有點滲汗。

由梨子參與的隊伍中的三人從我們的身邊經過。其中一人問她：「這個男生，是妳的男友？」由梨子露出和善的笑意回答。

「不是的。他是我社團的朋友。」

「啊，抱歉。原來如此。」

言畢，那些人便不時偷瞄我。我則是含糊地點點頭雙眼往下看。她們三人發出似笑非笑的聲音，啪地用手拍了一下由梨子的肩膀之後就走掉了。在我們身後的道路上奔馳的車流也停了下來，兩人之間忽然變得安靜。由梨子短嘆了一聲說：

「……或許我也喜歡上長井那種傢伙比較好吧。」

「啥？」

本想著她突然間在說什麼，我隨之語塞。儘管明白由梨子話中所含的意義，但我卻無法用任何言語回應她。

「因為啊……」

由梨子抱著彎曲的雙膝垂下雙眼。跟著撿起掉在附近的小石頭，隨意往前一丟。小石頭劃出平緩的拋物線，打到鋪柏油的斜坡，發出喀的一聲。我看見在視野的一角，橘跟長井坐在一起，兩個人的距離彷彿要黏在一起。

「果然隨著時間經過，就會變得不安。」

她那樣低聲道，又再把一顆石頭無力地向前丟。

沉默降臨，車子經過的聲響、從橫跨河川的鐵橋上通過的電車聲，響遍了這一帶。好似被秋高氣爽的天空給吸收了一般，回音消失無蹤。

「我有點著急。夏天也過去了，在做著這些事的時候，秋天、冬天也很快就會過去了——人的心是會變的。」

由梨子低著頭說。

在高空的某片魚鱗雲下方，灰色潮濕的雲以肉眼可見的速度正在移動。秋颱又再次逼近，這麼說起來新聞有報過。

——對了，從那個雷雨天過後，已經過了將近三個月。過了一個季節。明明夏日慶典的那一天，我也跟她約好要給出回答。至今我還沒能做到。

「對……」

話說到一半，由梨子臉仍舊朝下，說了聲「等一下」。

「我不想聽這種話。」

她用一副鬧彆扭的小孩樣說。

對不起——我在心底再一次道了歉。

☆　☆　☆

回程路上，我和由梨子與橘他們分別搭上了不同的公車。橘他們似乎要稍微走去車站前再回去。

搭上公車，我們坐在正好空下的雙人座位置上。過了一會兒由梨子就在旁邊開始打起瞌睡了。由梨子搖頭晃腦，腦袋掉到我的肩膀上。圓圓的頭占據了我視野大半，甜美的洗髮精香味，然後是在那個吻的時候感覺到她汗水的氣味。稍微扭動一下身子，便能從瀏海的縫隙間窺見她的表情。

她的睫毛重疊。胸口配合呼吸又淺又平穩地上下起伏。

我的腦中忽地閃過小學六年級的時候，為了大賽坐巴士到遙遠的會場遠征那一天的事。從早到晚參加了三場比賽，我們大家都筋疲力竭，在回程的巴士裡，幾乎所有人都睡著了。當我由於車身震動醒來之際，便看見跟我的頭互相依靠睡著的由梨子的臉龐。清醒過來的我嚇了一跳，即使把頭回歸原位由梨子也沒醒來，前仰後合地又把頭放在我的肩膀上。

正好就是那個時候。我開始認知到一起踢足球、一起到處玩耍的她，是個異性。

望著由梨子的臉，我心想真是一模一樣。比起男生稍微豐潤一些的雙頰，纖瘦的脖子、細細的頭髮、長長的睫毛。就算頭髮變長，就算神情變得成熟，卻仍舊與當時由梨子的面容重疊在一起。

回想起來，我有許多個發覺到她變化的瞬間。不過那種察覺到的小小不協調感，隨即便消失在日常的每一天之中。而我對她抱持的感情，說不定也還是一樣的。

那個夏天開始的打雷的日子，由梨子已經明確地展現出她跟以往不同了。正如由梨子之前所言，我們的關係不可能永遠這樣下去。從那時候起明明我們的關係就已經有了決定性的變化，我卻無法接受那種變化，於是表面上像是什麼都沒變那樣，奇妙的時間一直持續下去。

在靠近公車站的時候，我向由梨子搭話。

「——由梨子，要到了喔。」

「……嗯。好。」

她睜開好像很沉重的眼皮，呼了一口氣。

「妳累了嗎？」

「不，我沒事。」

她輕輕搖頭，喉嚨發出類似清喉嚨的聲音，深埋在椅子裡的身體爬了起來。

公車開了門，將錢放進零錢箱裡走出公車。紅色夕照染上住宅區家家戶戶的牆。浮雲的輪廓發出金色的光輝，從雲朵之間有光束透到地上。

自公車站稍微走幾步，很快就到了由梨子的家門前，我們沒有特別說些什麼，沿著短短的道路行走，由梨子仍然綁著馬尾，運動服的拉鍊拉到下巴，包包斜揹在肩上。

「那麼再見。比賽很有趣。」

我在不久後抵達她家前方時說道，由梨子向我靠近了一步。

「我說健一……」

前方受到夕陽的照耀，她的影子往後方延長。也許是習慣吧，她動來動去的，將運動服的袖子拉到指尖。白色襪子附著了一些咖啡色的泥漬。

「幹嘛？」

「我在等健一你誠實地好好回答我。不管那對我來說是好消息，還是壞消息。」

聽到她的話，我的心中感到強烈的疼痛。我心想這種疼痛究竟是什麼？讓體內感到宛如麻痺的這種疼痛。為了忍受這種疼痛，像是眨眼那樣只有一瞬間，我用力閉上雙眼。我直覺地認為這種痛楚就是感情。是無以名狀，早於言語之前的什麼。我不曾明瞭光是內心動搖，身體也會感到疼痛。當知道了那件事，我愣了好一會兒。

「由梨子。」

不久之後我什麼都沒想就喊了她的名字。

「我會好好回答的。與其說是回答，應該說是包含那在內的一切。我也得有所改變。從那天起我就在漸漸思考這件事。」

聽我那樣一說，由梨子依舊不發一語點點頭。

「謝謝妳找我來。再見。」

我揮了揮手，由梨子也舉起手似乎有些不安地嗯了一聲。

即使跟她道別以後，心臟還是悄悄地、強烈地怦怦跳個不停。回家的路上，我走得比往常更

加緩慢，我試圖讓心跳平靜下來。向晚的紅色天空也好，變成黑色影子的雲朵也好，貼著褪色海報的電線桿也好，延伸到家家戶戶，包圍天空的電線也好，從柏油路的裂縫中長出的雜草也好，每一天都會映入眼簾的那些所有事物，看起來都格外新奇。

☆　☆　☆

一回到家，只見媽媽坐在餐桌椅上面向筆電，和泉則坐在另一邊的椅子上，綁了個馬尾攤開筆記和書本正在念書。

「歡迎回來。」

進入客廳之後，和泉說道。媽媽也將視線從筆電的螢幕移到我身上，「你到哪裡去了？」她開口問我。

「嗯。我跟朋友去看了由梨子的足球比賽。」

「這樣啊。」

接著媽媽再次開始面對筆電，喊了一聲「啊」。

「糟了。我原本想叫健一你去買食材的，卻忘記聯絡你了。」

「啊，那我去吧。我現在正好想去散個步。」

語畢，和泉放下做筆記的用具，啪的一聲闔上筆記本。

「是嗎？那可以拜託妳嗎？」

和泉應了聲「好的」，隨後站了起來。

在走回家裡的期間，我在想著一件事。我想當下就做，要是現在不做，感覺決心就會變得稀薄。

「好。」我在心底鼓足幹勁。說著東西我去買，我有另一件事要說的話，肯定能夠自然地說出口。

「那個……」

我喊了一聲，和泉便歪歪頭做出「怎麼了？」那樣的表情。忽然間我話就縮回去了。我的腦袋一片空白。其實沉默的時間頂多就是兩三秒左右，但我卻覺得非常漫長。但是如果不說完，感覺這場沉默似乎會一直持續下去。

「里奈……同學……」

我能聽見身體害羞到要沸騰的聲音。

所謂「臉要噴出火來」，我想說的就是這種事吧。說出口以後，明明身體在發燙，但只有意識奇妙地變得很冷靜，想著我究竟為什麼要這樣輕率行事，為什麼要加上「同學」這個詞。

和泉什麼都沒說，只是張著櫻桃小口以一副愣住的樣子呆站著，然後抖了一下回過神來。

「有、有什麼事嗎……？」她以一副心不在焉的模樣說道。

……尷尬得要命。

瀰漫在我跟和泉之間的氛圍，突然變得很拘謹。感覺宛如回到三個月前剛搬來之後的那些日子。「你為什麼隨便叫里奈的名字啊！」隨後媽媽目瞪口呆地說。接著，凍結的時間又再次啟動了。

——明明完全不是隨便啊。

我在那之後還是憑氣勢幹到底那樣問媽媽說：「買東西就由我去，要買什麼東西好？」用手機記錄下清單，而後立即離開家裡前往超市。

在我騎著腳踏車於夕陽的殷紅與夜晚的深藍互相爭輝的昏暗道路上奔馳之際，嘴巴呼出的氣息好一陣子都帶著發燙的熱度。

從剛才開始我就很奇怪，欠缺冷靜，有種像因為發高燒覺得飄飄然那種奇怪的感覺。秋日傍晚的風吹在發燙的肌膚上，覺得格外寒冷。

☆　☆　☆

結果和泉的叫法還是維持叫姓氏。在那之後有好幾次，我都因為「里奈同學」的發言遭到媽媽捉弄，然後和泉就會露出似乎很傷腦筋的笑容，由於我跟和泉在同一時期去校外教學，在家裡空蕩蕩幾天之後，家裡的氣氛、我跟她之間的關係又恢復原樣了。

經過兩個星期進入十一月的第一個假日，坂本家決定拿出暖桌來。

暖桌本身是有附鹵素電暖器的款式，不過暖桌被舊了，媽媽好像也覺得差不多該買新的，當天下午我們三人就出門去買冬季的生活用品。

久違的購物讓和泉很高興。她穿著深紅色高領毛衣，配上黑色長裙，側揹著常帶的小皮包。很有冬季風格沉穩色調的裝扮，非常適合她。

我們坐車前往六月和泉來到我家的隔天前往的購物中心。店裡的氣氛跟那時相比變了很多。將風鈴聲當成背景音樂，展示電風扇、冷氣的家電賣場，現在擺著葉片式電暖器、鹵素電暖器，曾經擺著夏季服飾的服裝賣場，立著穿上毛衣、大衣的假人模特兒。

我們在家飾家具店買了暖桌被、和室椅和靠墊等等，順帶在和泉與媽媽的要求下，買了秋季限定加入栗子超過三百圓的昂貴冰淇淋，坐在假日人潮混雜的美食區裡。從窗邊座位看見的樹葉，染上了紅色或黃色，風一吹就紛紛飛舞落下。

和泉跟媽媽聊著校外教學的事。雖然去的地方跟我的學校一樣是九州地區，不過停留的地點跟日期錯開了。我跟和泉各自買了當地特產的盒裝點心回來，跟暑假那時一樣，我家的茶點又大量增加了。

我們就這樣度過秋天的假日時光，在太陽開始下山的時候回到家裡。

我們鋪上電毯，將收進媽媽房間衣櫥裡附鹵素電暖器的暖桌拿出來，放在客廳正中央的沙發前。

接著我們拿下桌板，將媽媽與和泉商量後挑選的暖桌被夾進去，放上三個和室椅。和室椅是咖啡色的樸素椅子倒還好，但暖桌被是紅花圖案的，家裡的氣氛一下子變得很女性化。

和泉跟媽媽已經坐在和室椅上打開了電暖器的電源。

「好溫暖。」還穿著外出漂亮衣服的和泉很開心地說。

「我沒什麼用過暖桌，所以很高興。」

「原來如此。」媽媽也微笑予以附和。

「我們家用的電暖器只有葉片式電暖器而已。」

「因為公寓比起獨棟還要暖和呢。」

「在這裡念書似乎會很有效率呢。下次考試就在這裡念書吧。」
「里奈果然很認真呢。健一和隆一他們，打從小時候冬天就一直在暖桌裡玩遊戲。」
「咦～話說回來，有健一那時候的照片嗎？」
「很可惜，我們家完全沒有拍那種照片。」
「總覺得很寂寞呢。」
「嗯。要是有留下更多東西就好了呢，到了現在，會有點那種念頭。」
「就是說呀。」
跟媽媽的談話告一段落時，和泉對著坐在餐桌上喝茶的我說了句：「健一你要進來暖桌裡嗎？」
「嗯～」
進入和泉跟媽媽都在的暖桌總覺得有點丟臉。因為我認為比起坐在餐桌上，圍著暖桌距離似乎更近。
——是我想太多了嗎？
即使會像這樣覺得害羞還什麼的，也是非得克服不可。
「過來、過來啊。」和泉似乎很愉快地說，她從今天早上就一直流露出很開心的表情。

「健一，順道拿點點心來。」媽媽接著說。

這下子就算拒絕，也會被當成太過在意跟她之間的距離吧。我從廚房的櫃子上拿出一盒茶點放在暖桌上以後，進入了暖桌中。我的趾尖碰到了某人的腳。和泉震了一下，我們互相對看。我只用視線向她道歉，她則輕輕搖了搖頭。

之後媽媽打開電視，我們三人一起喝茶。

「暖桌真棒呢。因為我家沒在用所以不太了解，不過有一家人的感覺呢。」和泉說完以後，「是啊。」媽媽也表示贊同。

「好不容易拿出暖桌，今天的晚餐就吃火鍋吧。」

「在暖桌上吃火鍋！我家都從來沒有過！」

和泉的雙眼熠熠生輝。

那之後我留下在暖桌吃點心的和泉跟媽媽回到房間裡。比起三個人待在一起的客廳，剛走進的房間氣溫寒冷。窗外已經是一片黑暗。打開燈之後，房間裡的玻璃便映照出穿著長袖T恤的我。

我在椅子上坐下，從鉛筆盒裡拿出自動鉛筆，隨意在手中轉呀轉的。書桌上跟課本、參考書擺在一起的自習用筆記，已經是第三本了。從夏天開始的學習，連自己都感到意外地一直持續下來。

不過與其說是我的志向，老實說還是和泉的影響大，我多次看到她在家裡用功的情景，令我注意起自己未曾注意過，自己在家裡所度過無所事事的時間。

到了晚餐時間，我下樓幫忙準備晚餐。我將卡式瓦斯爐和砂鍋擺在暖桌上放進瓦斯罐，途中和泉還去換了連帽外衣和長褲的居家服再下樓，鍋子裡頭放進了媽媽切的豆腐、蒟蒻、金針菇和三層肉等等。

火鍋咕嘟咕嘟沸騰，美味的香氣與溫暖的熱氣瀰漫在整個客廳裡。我們用杓子舀到小碟子裡吃，料吃完以後放進烏龍麵，再次點燃卡式瓦斯爐的火燉煮。

我們品嚐燉煮後變得柔軟的烏龍麵，吃完以後喝了一下子茶。在客廳裡煮火鍋變得更加溫暖，窗戶的玻璃變得有些模糊。

今天的晚餐相較以往量相當多。過了一會兒有人打電話給媽媽的手機，她就回去自己房間了。

我跟和泉各自玩著手機，她忽然間說了聲「吃得好飽」，然後伸了個懶腰，從和室椅上往側邊倒，咚一聲隨意躺下。她的髮絲也無聲地垂下攤在毯子上。橫躺著的和泉，臉上浮現似乎很滿足的笑容。

我看著那副模樣，跟翻了個身的和泉互相對視。她的拉鍊沒拉，因此連帽外衣的前方敞開著，在襯衫下的胸口的隆起，從奇妙的角度能看得很清楚。

「啊。」和泉帶著笑容尚未消失的神情輕聲說，慌張地爬了起來。接著重新在椅子上坐好。

「我吃得很飽，一不小心就……」

她用似乎很羞恥的表情說道。

「……嗯……不，沒關係……我偶爾也會有在暖桌裡睡著的時候……」

跟著她用「嗯？」的感覺稍稍歪了歪頭。

「在暖桌裡睡覺會感冒，是為什麼呢？」

「天知道……？」

和泉似乎很在意，開始用手機搜尋。

打開的電視正在播放天氣預報。看一週天氣預報，似乎是說今後氣溫會每天下降。主播表示十一月這一個月的期間，是一年當中氣溫最低的月分。還看不習慣嶄新的紅色暖桌被，散發著新鮮的冬日氣息。

「好像是因為下半身的溫度與上半身溫度的差距，使得溫度調節無法順利進行。」

「……原來如此。」

和泉那樣說完，跟著像是感到暢快了那樣「呼～」地吐了一口氣，將手機放在暖桌上。

和泉在不知不覺間深深融入我們家，已經完全沒有以前那種生硬拘謹的感覺了。於是起初猶如陌生人一般的遠房親戚和泉里奈，對我來說成為了像真正家人那樣親近的人。

過完年以後，和泉便要回到原本的家。那天逐漸地接近了。一想到那件事，寂寞就冰冷地滲入了我的意識深處。

第四章　一直留在他們心中的事物

那天打從早上起床就是一片昏暗，空氣也很潮濕，是個似乎會下雨的日子。早上的新聞說有強烈低氣壓靠近，關東地區深夜會下大雨，因此早點回家比較好。

我在結束一整天的課程後忽然變得嘈雜的教室裡頭，收拾好課桌，從位子上站了起來。稍早之前進入期末考的考試期間，因此暫時沒有社團活動。坐在附近位子上的長井，跟其他搭電車上學的男生一起走了出去。我與經過我課桌前的他們，做了個短暫的道別問候之後，也揹上沒有社團活動時使用的上學用的背包走出教室外。

現在這個時段還沒下雨，不過已經出現宛如霧氣那樣細小的水滴在空氣中飛舞。

儘管我打算如果下雨就要搭公車回家，然而我判斷現在還沒問題，遂騎上了腳踏車。可是在回家途中下起了小雨，我的制服變得濕淋淋，瀏海貼在前額上，冬天冰冷的水滴沿著臉頰和脖子流下。

我趕緊回家，在離家最近的公車站發現見過的紅色雨傘。和泉這時候正要從剛好停車的公車上下來。和泉套著一件灰色牛角釦大衣，圍著格紋圍巾，把手上的ＩＣ卡套急忙地塞進包包裡。

我跟她四目相交，她啟齒露出說「啊」的口形，表情亮了起來。我靠近時放慢速度，她露出吃驚的神色說：「健一，你都濕透了啊。」

「嗯……有點冷。」

我點點頭，和泉用一副很慌張的樣子說：「那是當然的啊！別管我了，你先回去吧。會感冒喔。」

我當然是那樣打算。於是我留下「再見」這句話以後就騎起腳踏車。我家就在不遠處。

我在庭院前方停好腳踏車，進入家裡。脫掉鞋子，也脫掉濕透的襪子，進了玄關。我的腳濕濕的，感覺木頭地板很冰涼。我將襪子丟進洗衣籃裡，脫掉又濕又重的西裝外套，在我用毛巾擦拭臉龐和頭髮的時候，我聽見玄關開啟的聲響，還有和泉說著「我回來了」的聲音。

我離開脫衣間，她因為脫了鞋子，正在換上冬天用的毛茸茸拖鞋。

「你的制服沒關係嗎？」

「嗯，幸好是週末。明天我拿去送洗。」

「嗯。騎腳踏車上學也很辛苦呢。」

「和泉妳要花很多時間才麻煩吧。還要換乘公車、電車什麼的。」

「不，那我也慢慢習慣了……適度地走點路也能當成運動，等回到我家，也許會覺得運動不足呢。」

「那怎麼可能。」我一說，和泉就笑了。

十一月也到了月底，第二學期剩下的時間已經不多了。一過年，她就要回到在東京的家。所以從這個家去學校，也剩下沒幾天了。

「為了別感冒，你還是去沖個澡暖暖身子比較好喔。」

「嗯，我也打算這麼做。」

我點點頭，拿著更換的衣物上了二樓，能聽見和泉拖鞋的腳步聲就從後方傳來。

我沖了個澡，跟著換上長運動褲和連帽外衣，直到傍晚都在自己房間度過。

厚厚的雨層雲覆滿天際，過了三點城市已經相當暗了，我點亮了房裡的燈。在念書準備期末考的期間，我能聽見自動鉛筆疾書的聲音混在雨聲當中，還有宛如動物咆哮的風聲。

沒多久到了下午六點，我念書的集中力變得斷斷續續。於是我下樓到客廳，打開了冰箱。裡頭有剩高麗菜、紅蘿蔔跟豆芽菜。食物櫃上還有剩現成的炒菜醬汁，我心想簡易醬汁就用這個吧，於是開始切菜，穿著居家服的和泉走了下來，她長袖運動服的胸前，搭著一個小小的蝴蝶結。

「風變強了呢。」她說。

我回了聲「嗯」，將切好的蔬菜放進平底鍋裡。附近響起油爆香的聲音。

她幫忙我把晚餐裝盤。在拖鞋的聲音響起的同時，她一下把盤子拿出去、一下把茶壺拿出去，在廚房忙進忙出。

我們兩人吃完只有家裡剩下的速成馬鈴薯濃湯和炒青菜的簡單晚餐以後，泡好茶進入暖桌。

這天是寒冷的雨夜。外頭的氣溫聽說只有十度不到。雨勢很激烈，晚餐時間的節目報導，關東地區各地皆有引發淹水或土石流。

我收拾好餐具尋思要回房的時候，和泉開口道：

「健一，你可以先去洗澡喔。剛剛我下樓的時候已經放好水了。」

「喔，嗯。抱歉……我要用家裡的入浴劑。」

「嗯。」和泉笑著點點頭。

我放進媽媽在藥局買的入浴劑，泡在浴缸裡。浴室裡很安靜，風聲雨聲聽起來格外大聲。我離開浴室後，吹乾頭髮走向客廳。

和泉還在暖桌裡看電視。她長時間獨自一人看電視是很罕見的事。

「我已經洗好澡了。」

我向她搭話，她望著我這邊點點頭回應。

「嗯……不過我想再看一下這個。」

聽見那句話，我又覺得更加不對勁了。和泉總是在輪到自己的時候就會立刻去洗澡。至今不曾見過她有喜歡什麼電視節目的樣子。

打出大雨情報字幕的電視上播放的，是可稱為勁旅的大學長跑隊伍的紀實節目。

「和泉，妳喜歡田徑嗎？」

我一問，和泉很不知所措似的咦了一聲。

「唔……並不是那樣。」

她稍微停頓了一下。似是在強力拍打的雨聲響遍家中。和泉的視線從我身上回到電視螢幕說：

「因為或許是我父親的人，似乎有出現……」

這次輪到我覺得不知所措。

「妳的父親？咦？為什麼？」

「大概是這個教練。」

和泉說著指向電視螢幕。

我不明所以地看向螢幕，正在播出大學田徑選手們練習的情景。
我坐在沙發上。和泉喝著茶，馬克杯放在暖桌上發出聲響。
不久後播出那名教練接受訪問的影像。字幕上打出他的名字「吉岡惟照」。
我完全不覺得這個人跟和泉相像。如果是血緣相近的人，我想氣質上多少會有些相似之處吧，那樣子的東西隔著螢幕完全感受不到。他的外表就是個隨處可見的五十歲左右大叔。
「是這個人？」我問。
「我不知道。或許是同名同姓。我只知道他的名字。因為一點都不像，所以可能不是吧。」
「……為什麼妳會知道名字？」
我不知道這樣問到底好不好，但我還是問了。和泉沒有半點動搖的樣子，就像平常跟我對話那樣回答。
「小時候媽媽不在家的時候，我進過她的房間，在那裡看到好幾張文件。有很多跟媽媽的名字並列，寫有那個人姓名的文件。我將那個名字記錄在自己的隨身手冊裡。之後問媽媽『這個人是誰？』，結果她大發雷霆說『里奈妳不需要知道！』然後我就明白了。叫這個名字的人是我的父親。」
「原來如此……」

先前聽和泉說父母的事情那時，她雖說了是吵架之後分了，不過伯母居然連名字都不打算告訴她，伯母跟那個人之間究竟發生過什麼事啊……

「我一直保存著那本筆記，到現在也還記得，打從能使用手機之後，我偶爾也會搜尋一下。隨之也知道了這個節目……」

「妳真的從沒見過他嗎？」

「嗯，雖然我小時候也有過想見見他的時候，不過反正現在無所謂了。直到現在即使沒見過也是衣食無憂，我從小就在他不存在的環境長大，所以也不會感受到沒有父親的寂寞。」

「這樣啊……」

在聊著那種話題的時候，一直放在餐桌上的手機震動起來，發出細微的聲響。我從沙發站了起來，一看螢幕是媽媽的來電。

「怎麼了嗎？」我把手機貼在耳邊。媽媽說了聲「啊，健一？」，接著——

『我今天要在公司過夜。我走的那條路好像禁止通行了。你們那邊沒問題吧？』

她這麼說。我看了看電視螢幕。字幕跑馬燈顯示大雨引發河川水位高漲或土石流等等，對首都圈內的交通狀況造成不良影響。

「沒問題。沒發生什麼事喔。」

『里奈已經回家了嗎？』

「嗯。還下著小雨的時候就回來了。她現在在暖桌裡喝茶。」

『這樣啊，那太好了。那就麻煩你啦。』

掛上電話以後，和泉顯露出「是誰打來的？」那樣的表情。

「媽媽她說今天不回來了。好像道路禁止通行了。」

「——真是辛苦呢……不過確實很危險，也許那樣比較好。」

我將手機塞進口袋，坐在和室椅上。當在看電視螢幕的和泉側臉映入我眼簾的那一瞬間，我忽然間意識起之前不懷其他想法的她的身影。

回想起來，這是第一次我們兩人獨處到天明。不過跟以往的每一天要說有什麼不同，就只是媽媽不在家而已——不可能發生任何事，我那樣說給自己聽。

能聽見從室外傳來風的呼嘯聲。是哪一家的花盆倒了吧，能聽見有什麼東西破掉的聲音。

「「啊。」」

我跟她異口同聲道。電視的聲響忽然消失，家裡變成一片黑暗。我想著是不是斷電器跳掉，一站起來，電又恢復正常。

我跟和泉站得很近。可能她也打算要走去哪裡，我們差點就要撞上。她的呼吸觸及我的脖頸，似乎帶有濕氣的微溫氣息搔動我的肌膚。家裡響起家電產品打開電源的電子聲。
「對、對不起……」
我退後一步開口道歉。
「沒關係……」
和泉搖搖頭，再次坐回原本的地方。
「究竟是怎麼回事呢？」
「天知道……雖然沒聽見聲音，但可能是雷打到變電所了吧。」
激烈的雨聲和風聲，不斷響起。
我心想，這簡直就像是——
出不去的昏暗器材室、被雨淋濕的由梨子身影、嘴唇和舌頭體驗到的觸感等等，五感的記憶混淆在一起的印象，浮現在腦海裡。
我心想簡直就像是——跟由梨子接了吻夏季的那一天。

☆　☆　☆

我暫且跟和泉一起窩進暖桌觀看那個節目。有可能是和泉父親、名叫吉岡先生的人，年紀正好是我們父母的世代，名字也並不常見，我總覺得機率很高。

在網路上搜尋過後，便明白他了大致的經歷。據說他是在學生時代以長跑選手的身分大顯身手，之後一直隸屬於企業隊，也在國際大賽中頗為活躍的人。

「和泉妳跑步很快嗎？」

我突然想到倘若有血緣關係，或許能力也會繼承就問問看，和泉卻搖了搖頭。

「不，我從以前就不擅長賽跑。」

「那長跑呢？」

「雖然我喜歡在外頭慢跑，不過馬拉松大賽的排名總是從後面數過來比較快……」

她面露苦笑回答我，電視螢幕上正播出在跑道上英姿颯爽跑步的大學生們，還有雙手抱胸看著這情景的吉岡先生。

……也許果然是搞錯了。過了一會兒，叫吉岡先生的那個人張口說話。和泉在馬克杯裡倒入綠茶，慢慢吃著放在暖桌上的小餅乾看著電視。我漸漸對節目失去興趣，就用手機觀看今天的新聞。

「真是不可思議。」

和泉宛如自言自語般說道。

「什麼？」

我依舊望著手機螢幕反問她。

「人的緣分，不在於血緣濃淡吧。」

和泉將望著螢幕的視線轉向我，露出苦笑。

「就算那個人真的是我的父親，也是健一你們感覺更像家人喔。」

我猛然驚覺抬起頭來。和泉用滿不在乎的表情看著我。

電視廣告的熱鬧背景音樂響遍家中。這麼說來，我注意到呼嘯的風聲已經靜下來了。之前徹底消失的雨聲，現在聽得見了。

「風好像停了呢。」和泉喃喃道。

「……嗯。」

我在自己的心中，反芻和泉剛才說過的話。

她對我來說是什麼？是什麼樣關係的人？我想要怎樣與她交流？從夏天開始，我就一直在思考那件事。

她如今用滿不在乎的語氣所說的話，逐漸滲進我的內心。如果她真的是這麼看我的話，我覺得非常高興。

近半年住在一起，我現今深知她是什麼樣的人。她對我來說已經不是外人，也不是單純的遠房親戚。

總覺得現在的話，能比先前叫得更自然。

「里奈。」她的名字變成聲音從我口中發出。那句話就這麼融入、滲進這個家的一片寧靜中。

她像是彈起來那樣肩膀抖了一下，「是、是的……」挺直了背應答，用有些緊張的雙眼注視著我。我們視線相對，畢竟還是會湧現羞恥感。

「啊，對不起，突然就……我沒有特別的事要找妳……既然是住在一起的……家人，我想叫名字比較好。叫姓氏，該怎麼說，果然還是像陌生人。我總覺得那樣對我們的關係來說，不是什麼好事──雖然都事到如今了。」

她露出緊張的表情好一會兒，像是在思考什麼似的一言不發。不過在那之後──

「是呀。我也覺得那樣比較好。」

她面帶微笑點了點頭，口氣相當溫和。不知怎的，我覺得她已經理解了我那種叫法其中含有的意義。

起初的幾次還是覺得很羞恥。但是叫名字的那種害羞感，在那之後隨著每次說出「里奈」之際，漸漸變得薄弱了。

隨時間經過，或許對節目感到膩了，雙眼離開電視機玩起手機的里奈就像「我想到好主意了」那樣子表情一亮說道：「欸，健一。可以拍個照嗎？」

「咦，拍什麼？」

「跟這個家的，跟健一你的。我也跟伯母說過了。我希望回憶能以許許多多、各式各樣的形式留下來。」

我本以為是要在這個家的哪裡拍照，和泉站了起來坐在我的身旁，臉貼近了我。

在我發愣的期間，她說了聲「要拍嘍」，接著啪嚓一聲拍下了照片，隨後臉立刻離開。

「謝謝你——我至今沒多少家人的照片。下次我也要跟伯母拍。」

「喔，這樣啊……」

只輕飄飄地留下柔和的香味，里奈又再次回到自己的和室椅上。我憶起自己從以前就一直被人說表情陰暗，拍照不上相的事。

……明明不擅長拍照，卻忽然兩個人一起拍了……我拍出的表情究竟是怎樣的呢……雖然很在意，但是「給我看」這種話又難以開口。

她在那之後去洗澡了。從脫衣間裡傳出耗上長時間用吹風機吹乾頭髮的聲音。和泉穿著有水藍與粉紅點狀圖案的寬鬆居家服回到客廳，暫且靠在餐桌上喝礦泉水，之後再次進入暖桌裡。電燈的白光讓她直直的黑髮反射出了光澤。

還開著的電視，新聞節目播放著豪雨特報，雖然曾一度穩定下來，但不久前風雨又變得相當猛烈。

在氾濫的河川旁，記者放聲尖叫道：「是非常危險的狀況！」在攝影棚內聽到報告的人們，蹙緊眉頭苦著一張臉，安分地聽著那聲尖叫。

「真是危險呢。」里奈說道。

「嗯。」

「我們這邊沒問題嗎？」

「這一帶距離河川有點距離，也沒有發出避難警報，我想應該沒問題吧。」

此時里奈把念書用具拿過來，一邊用麥克筆畫線，一邊啪啦啪啦地翻閱課本。我重新泡好熱茶，新聞節目繼續播放，我們不時交談，就在風雨聲中度過夜晚的時光。

☆　☆　☆

大雨不止，不久後過了十二點。
往常里奈在這時間應該是在睡覺，不過她好像還沒有要回房。儘管說著接下去的時間再吃會變肥，已經不吃點心了，但她仍舊單手拿著麥克筆閱讀課本，有時玩著放在側翻式皮套裡的手機。
「妳不睏嗎？」我開口探詢，里奈從課本裡抬起頭應答。
「是有點睏，不過我想再撐一下。一旦回到房間我馬上就會想睡，我想努力到極限。」她說。
還開著的電視機變成了體育節目，播放歐洲足球聯盟的精彩集錦。
跟著里奈突然停手看著螢幕，低聲說：「啊，在踢足球。」
「我自從來到這個家以後，就變得對足球熟悉多了喔。也知道了幾個選手和著名人物。」里奈如是說。
「我也是打從里奈來以後，比起從前變得更常在家裡念書了。」
聽我這麼說，里奈愣了愣歪頭道：「那跟我有關係嗎？」
「不，該怎麼說，里奈的認真傳染——不對，應該說是值得學習……讓我漸漸感覺到了不念書不行。」

「你剛剛是想說傳染對吧？」

我話聲剛落，里奈就稍稍嘟起了嘴。我立刻丟出其他話題。

「話說回來，妳已經找到自己想做什麼事了嗎？」

「嗯～我不知怎的很喜歡衣服和雜貨之類的，要是能做那種工作就好了，我開始有這種模糊的念頭。不過我認為現在決定的事並非人生的一切，所以想要慢慢思考。」她做出回答。

我跟里奈聊著前途和考試的話題，然後又聊了至今是怎樣生活過來的。里奈表示跟伯母一起度過的每一天都很開心。我也說了爸爸是怎樣的人，哥哥在念國高中的時候是什麼樣子，諸如此類的事。

結果等我們各自回到房間時，已經接近凌晨兩點了。

☆　☆　☆

隔天早上，我在早上七點醒來。從窗戶往外瞧，也許是雨水從排水溝溢出，能看見有些許泥土跑到了路上。可能是混著一些玻璃材質的顆粒，受到朝陽照耀的道路正在閃閃發亮。

我跟里奈用掃把把泥土掃進道路一旁打掃乾淨，就像周遭住家的人們所做的那樣。

寒冷的早晨，吐出的氣息變成了白色。我穿著便服配搭運動鞋，里奈則是穿著橡膠長靴，上半身套了件深紅色的學校運動服。我們花上十分鐘左右將家裡四周的泥土打掃乾淨後，「辛苦了。」對面住家的人向我們搭話，我跟里奈也向對方問候。

「回去吧。」我在玄關前方對里奈說。

「嗯。」她也應聲道。「健一、和泉同學。」跟著我聽見呼喚聲，是由梨子。她穿著牛仔褲搭灰色的連帽外套前來，還圍著一條白色圍巾。

「你們沒事吧？聽說有人家裡斷水了。」由梨子說道。

「嗯，我們家沒事。」里奈答道。

「由梨子，有什麼事嗎？」我開口詢問，由梨子則說：「我因為打掃出門，就順便來看看狀況了。」

「這樣啊。」里奈面帶微笑說。

「健一你們也在打掃嗎？」

由梨子的目光投向我。

「嗯。因為起床以後鄰居們都在打掃。」

隨後可能是發生了什麼事，里奈忽然「呀」地輕叫一聲，重心不穩差點跌倒。我反射性地伸出手撐住她的背後。里奈也——大概是下意識的吧——緊緊抓住我手腕附近。

「沒事吧？」我一說完，里奈就露出苦笑說了聲「對不起」鬆開了手。里奈腳滑的地方，是在排水溝的金屬製蓋子上。表面上還殘留水氣，確實大有可能滑倒。只要身體動一下，說不定就會滑一跤了。

「沒事吧？」由梨子也對站起來的里奈說道。

「嗯。我嚇了一跳。」

「不過在那種剎那間的場景，竟然還能發出可愛的聲音，真是厲害。」由梨子續道，而里奈不知為何對那開口道歉說「對不起」。

「也對不起健一你，剛剛差點就要連累你了。」

「不……幸好我站在附近。」

里奈望著腳邊，退離我一步。我不經意瞥向由梨子，只見她面無表情地看著這邊。

「再見，我要回家嘍。」

縱然覺得我非得說些什麼，但在我開口以前，由梨子便朝著自家方向走了出去。

進到家裡準備早餐的時候，媽媽開車回到了家裡。「歡迎回來。」泡著咖啡的里奈對著進入客廳的媽媽，很開心似的說道。

對於用名字稱呼里奈的我，媽媽似乎很不安地盤問我：「你沒有做什麼奇怪的事情吧？」哥哥明明都叫她「里奈」了，為什麼只有我……我心想實在是太沒道理了。

☆ ☆ ☆

考試過後的社團活動，是從中午過後直到傍晚。進入十二月，樹葉自樹木落下獨留樹枝。季節已經徹底進入冬天，呼出的氣息都是白色的。

下午四點過後三小時的社團活動課表結束後，社員們各自開始做起伸展。我也在操場坐了下來，彎起一邊的膝蓋伸直大腿。由於上半身穿著運動服，下半身穿著五分褲，肌膚碰到泥土實在很冷。向晚的天空顯露出淡淡藍色。夕陽微弱地照耀這一帶，遠方的天空浮現灰色的厚重雲彩。

而後背著逆光的影子窺視著我說。

「你死了嗎？」

那個人影長髮飄然輕搖說道。

「我還活著。」

我挺起上半身應聲。

「一年級生開始整理球場了，所以如果要做伸展就去外面做。」

「喔，好。」

我站了起來，跟由梨子一起走出球場外。由梨子也和我還有多數社員一樣，下半身穿五分褲，上頭只穿著藍色運動服。

當我坐在板凳上伸展小腿肚，由梨子在旁邊開始摺起層層疊疊許多件的練習背心。

「考試考得好嗎？」她一面動手一面向我搭話。

「嗯。這次我稍微有點自信。」

「從夏天開始，你似乎就在努力念書呢。」

一年級生排成一列在整理操場。陽光已經變得微弱、昏暗，難以看清遠方。

「話說回來健一，你離開高中之後，還會繼續踢足球嗎？」

「大概會繼續吧。我不知道會不會加入踢例行賽的隊伍，但我想我會繼續踢足球。」

「是喔。那就好。」

「但妳為什麼突然問？」

隨後由梨子語塞了一下。

「呃～很關照女子足球隊的人，前陣子結婚了，然後聽說最近就要生產，所以放棄當選手了。我的腦子裡大概一直記得這件事。」

由梨子像是在找藉口那樣說道。接著——

「總覺得剛剛我聽到了好幾個不得了的詞彙……」

從後頭傳來聲音。

是穿著足球襪和訓練鞋，已經變得很有足球社風格的橘。

「明香里！」

「學長姊你們究竟在眺望著夕陽西下的操場聊些什麼啊……」

「是關於熟人的話題喔。」

「原來是那樣啊。抱歉，我好像打擾到你們了。」

「嘿嘿。」橘嘴上說著，把手放在頭上。我心想「來啦」。是由梨子最怕的那種類型的動作。

「不爽！」由梨子也用口頭表達出感情。

橘跑到滾至操場外的球那邊，她將球朝著我們這邊踢。雖然力道不強，但踢的方式已經很有模有樣了。由梨子將滾過來的球輕鬆用腳尖頂起以手持球，咚的一下投進板凳旁金屬製的籃子。

「由梨子，我們今天一起回去吧。」

「咦？」由梨子回頭，似乎頗不知所措地說道。

這麼說來，雖然我們以往常常一起回家，但是也許我幾乎沒有開口邀過她。

「嗯。」

過了一下子之後，由梨子點點頭，再次回到收拾的工作之中。

儘管花費了一段時間，不過最近終於能夠整理自己的內心，面對包括我對由梨子有什麼看法這件事在內這許許多多的事了。我想也差不多該給由梨子那時的答案了。

☆ ☆ ☆

我在停車場前等待時，由梨子一個人從鞋櫃區出來了。

「橘她人呢？」

「因為要跟長井一起回去，所以再晚一點才要走。他們似乎還打算隱瞞喔。」

「都已經差不多穿幫了。」

「就是說呀。」聽我那樣一說，由梨子也笑了。冷冷的風吹拂她奶油色的圍巾與下方露出來的長頭髮徐徐飄動。揹著後背包的由梨子，深藍色的罩衫裡頭穿著一件白色毛線衣。從深藍色罩衫的袖口，露出一小截的毛線衣袖子。

我們離開學校，在大馬路上前進。黯淡的道路上，有許多車頭燈的光線不斷流逝。社團活動結束之際，天空中的淡淡光芒已然消失，冬季的陰暗像要吞噬掉城市那般。LED路燈的白光使得呼出的氣息呈現白色，令人感到寒冷。

如果要提起那個話題，就該趁我與由梨子兩人獨處的現在。但儘管打算要做，想到自己能不能順利說出口就感到不安。

之後在等紅綠燈時，我對由梨子說：

「欸，可以去一下超商嗎？」

「啊，好。」

我們進入從以前在回家路上就經常會逗留的店舖，由梨子買了一本筆記本、寶特瓶裝果汁，還有玉米濃湯。我也買了罐裝咖啡。

「和泉同學過完年就要回去了吧。」

我們坐在店前的長凳上，我把社團用的運動提包放在腳邊，由梨子將後背包放在大腿上。

塑膠製長凳很冰，由梨子只穿著長度未及膝的裙子，我看見她的雙腳好像起了雞皮疙瘩。她也好幾次摩擦自己的手。

已經很久沒有在跟由梨子說話時出現里奈的名字了。

「她已經開始做回去的準備了嗎？」

「不，還沒。不過大概過了年就會。」

「這樣啊。」由梨子道。

「……會很寂寞呢。」

我用罐裝咖啡暖暖冰冷的手回答。

「嗯。但並不是再也不會見面了。」

隨後由梨子陷入沉默。

那種沉默讓我有種不對勁的感覺，於是望向由梨子。只見她仍用雙手握著玉米濃湯的罐子，一動不動面無表情地注視著斜下方。而後她的表情沒有任何改變，開口道：

「……果然你還打算跟她見面。」

她那樣細聲道，跟著忽然抬起了頭。她的視線與我的目光正好撞上。

「為什麼？以往即使沒見面也沒有什麼問題對吧？」

「確實是那樣沒錯……不過因為是親戚，今後我想也有可能見面吧。」

「別見她。」

由梨子輕聲如是說。我不知怎的對那句話一瞬間感到煩躁。

「——為什麼？」

儘管我試圖壓抑感情，但我的言語無可奈何還是帶著一絲煩躁。由梨子低著頭喃喃：「……果然沒錯。」

她的氛圍驟然一變。跟著我也明白到她在想什麼，心中暗道糟了。

「不是的。我想妳大概誤會了。」

隨後由梨子的表情起了變化。她露出嚴厲的眼神，把言語發洩在我身上。

「誤會什麼？畢竟從那之後已經過去四個月了啊。你只是在逃避而已嘛。你喜歡和泉同學對吧。所以才會一直這樣曖昧不清的對吧？」

「我之前就說過里奈不是那種對象了吧。」

聽我那樣一說，由梨子倒吸一口涼氣，接著咬起嘴唇說：

「……你用名字稱呼她？」

我忍不住咂了咂嘴。我心急地想著我得趕快解釋才行。再這樣下去誤會會漸漸越來越深。一思及此，我便無法統整思維，立刻就脫口而出。

「我會改用名字叫她，該怎麼說，我覺得比起用姓氏稱呼，這樣才更是親戚之間正常會有的交流……明明就待在家裡，卻用類似外人的那種應對，反而……」

由梨子用狐疑的眼神望著我。我從那種眼神馬上就知道她完全不相信我那些話。

「說得也是啦，畢竟住在一起嘛。距離縮短也是理所當然呢。前陣子也挺親暱的呢。」

「我就說不是了。妳好好聽我說話啊。」

「我不想聽。」

由梨子轉過身，皺著眉頭一口氣喝下應該還很燙的玉米濃湯，然後把空罐丟進垃圾桶走掉了。我也把罐裝咖啡放在地板上想要追過去，但她卻甩開了我的手說「別跟過來」。她就這樣騎上腳踏車往她家的方向去，背影隨即消失在昏暗的夜晚之中。

我回到長凳上，用社群軟體的即時通訊打出「之後我會再打電話，希望妳能接」寄了出去。

我看著天空，曾幾何時已經飄來了像要下雪那樣沉重又潮濕的烏雲。我感覺肚子好似有鉛塊那樣，呼吸變得很苦悶。我好一陣子靜止不動，望著天空漸漸變得陰沉。之後我將剩下的罐裝咖啡一口氣喝光。已經徹底涼掉了。總覺得加糖咖啡的苦甜，似乎牢牢地巴在了舌頭上。

對於自己造成誤會的著急，和對由梨子的煩躁混雜在一起，我的內心非常不爽。

一回到家裡，比我們學校更早結束期末考，回家時間也變早的里奈，穿著紅色毛衣的便服窩在暖桌裡。

「歡迎回來。」她說。

「……我回來了。」

我打算喝點開水後，隨即就要上二樓。我從食物櫃裡拿出玻璃杯裝了點冰水喝下去。水的冰涼沿著喉嚨流下，但卻無法消除堵在胸口的苦悶。

我呼出帶著熱度的氣息，將杯子放在桌子上。接著里奈面向我說：

「——健一，怎麼覺得你看起來不太開心，發生了什麼事嗎？」

她說道。

「不……沒事，什麼事都沒有。我去樓上了。」

我做出那樣的回答，跟著上了二樓的房間。只脫掉西裝外套，就這麼穿著制服坐在椅子上，打了電話給由梨子。不過她不接。

不安和煩躁彷彿結成一整塊，化為我的嘆息。

我望向窗外。密雲已經覆滿了整個天空，氣溫也很低。感覺隨時都會下起雨或雪，然而結果這天仍舊是個陰天，黑暗的夜晚漸漸夜深。

☆　☆　☆

隔天的午休我還去了由梨子的教室。

果然昨天我那樣不行。我應該要她更冷靜一點聽我說話才是。

我向跟由梨子同班的足球社社員搭話，請他叫由梨子過來。由梨子從剛才在一起大約五人的女子團體中抽身走向我這邊。

由梨子向剛剛在一起的朋友們面帶笑容揮手，然而來到了我身邊的她卻面無表情。

「來這裡。」她只說了這句話，便用力跺地走到走廊深處

由梨子在走廊深處，現在沒在用的教室前停下了腳步。這一帶沒什麼學生會來，我對著停下了腳步的由梨子說。

「妳聽我好好解釋昨天的事。」

由梨子回首看向我，沉默了一會兒。能聽見不遠處傳來學生們喧鬧的談話聲。只有我們的周遭一片寂靜。

「對不起。」由梨子小聲說道。

「我暫且不想提這種事……社團活動的時候我會保持正常。所以讓我暫時——跟你保持距離。」

她全程視線低垂。

至今我曾經好幾次跟由梨子吵架然後不講話，但是我覺得這次比起任何一次的情況都要來得嚴重。

保持距離是什麼意思？是只要等待的話，總有一天她還會願意聽我說嗎？我不知道由梨子心裡在想什麼，雖然抱持這種不安的情緒，但我還是——

「知道了。」

短短地說出這麼一句。

同學們在不遠的地方似乎很愉快地聊著天

「對不起。」由梨子與我擦身而過時，再一次留下了這句話，跟著又走進人海之中。

我感覺到跟由梨子之間，再次相距遙遠。看著走回教室的由梨子，我有種感覺，她好似去了我所無法到達的地方。

我咬咬嘴唇。

我過去確實曾經受到里奈吸引，或者說產生那樣子的感覺。

我該如何解釋我們之間的事，還有該如何告訴由梨子我是怎麼看待她的呢？

我無法苛責由梨子，因為把她逼成那樣的人，肯定是我。

☆☆☆

結果從那天以後，我沒跟由梨子好好說過話，第二學期就結束了。

在社團碰面的時候，她會跟我說最低限度的話。不過那種時候她也只會用見外的語氣短短應答，直到十二月二十八日——今天社團練習的最後一天為止，都沒有半點改變。即使經過兩個星期，她所說的「拉開距離」的期間，好像都還沒結束。我心想現在不管說什麼，她應該都聽不進去吧，我也不打算勉強跟由梨子搭話。

家裡相當平靜。

進入寒假之後，里奈就跟暑假那時一樣，於上午前往圖書館，下午幾乎所有的時間都待在家裡。她除了圖書館和散步之外的外出，就只有在聖誕節那天，說朋友家有舉辦派對，去了東京都內那時罷了。

日子確實一天一天地過去。在年底這個時期，大概有很多人回鄉下了吧，感覺整個城市似乎變得安靜了些。

十二月三十一日的中午，我沒什麼特別的事要做，不過受到一直懷抱的不安與著急的情感干擾，靜不下心念書，為了調適心情，我走到了外頭。

除夕的室外，不管是人潮或車潮都少。天空好似一層薄冰，顯露出冰冷徹骨的淺藍色。

我經過由梨子家的前方。我在那個紅磚風格的小門前停下了腳步。我小時候曾經來這個房子玩過好幾次。她位於二樓的房間窗簾是拉開的，好像還亮著燈。她大概就在那裡吧。

我凝視著對講機。即使電話打不通，即使在社團裡被忽視，如果現在在這裡按下對講機請對方轉達的話，說不定就能跟她說上話。

在我思考這種事情的時候，冒出了喀嚓一聲。我嚇了一跳，肩膀抖了一下。由梨子的媽媽從家門前方的玄關門走了出來。她穿著厚重衣物，手上拿著車鑰匙。應該是接下來要出門去哪裡吧。「咦？」阿姨看著我說話。

「哎呀，健一，有什麼事嗎？」

阿姨打開門走到我附近。

「不，我只是稍微散步一下……」

說著說著我覺得自己簡直像是可疑人士。

阿姨用悠哉的口氣說了聲「是這樣嗎？」，她跟活潑又隸屬運動社團的由梨子完全相反，是個性格文靜的人。念小學的時候，她經常跟媽媽一起來看我們的比賽。

「健一你家的里奈還好嗎？」伯母那樣問我。

「您知道里奈的事嗎？」

「夏日慶典時她來打過招呼。然後在路上碰到的時候，她也會向我搭話。是個穩重又可愛的孩子呢。」

我都不知道里奈跟由梨子的媽媽說過話。話說回來，夏日慶典的時候她說過打了招呼之類的話，於是我想起了夏季的那一天的事。

不過我不曉得該怎樣回答阿姨的話才恰當，因而感到有點不知所措。總而言之她是在誇獎我家的人，因此我只說了句「多謝……」。接著伯母似乎不經意回想起什麼說：

「啊，對了。話說我有東西想給你媽媽。一下下就好，你稍微等一下。」

她說著便再次回到家裡。跟著很快拿著個塑膠袋，再次走到玄關前方。

「這個是人家給我的，但光我們家吃不完，所以就分一分。我跟你媽媽說過這件事了，你回家以後拿給她。」

我用手接過，感覺有重量沉甸甸的。一看裡頭，放了一大堆分成一小袋一小袋的年糕。

「啊，是年糕……謝謝您。」
我道謝完以後，伯母繼續說道：
「總覺得由梨子，最近不太高興。你知道原因嗎？」
聽她這麼說，我一時語塞。
「呃……對不起……」
「難不成是跟健一你吵架了嗎？」
我開口道歉，伯母的口氣似乎很意外。
「是的……」
「哎呀～」
她用像是傻眼、像是傷腦筋，又像是開心那種無法形容的語氣說道。
「那個，請您告訴由梨子我來道歉了。這個謝謝您。」
我對分到的東西道謝，接著再輕輕低了一下頭以後走了出去。「收到。」伯母給了個隨意的回應。大約一個星期前下的雪，陽光照不太到的地方還殘留著快結凍的融冰。跟大片積雪那時的美麗不同，表面都被沙塵弄得黑黑髒髒的。
我在街上漫步的途中經過了神社前。神社前就像夏日慶典那時一樣擺著路邊攤。接下來漸漸天黑的話，應該會因為來新年參拜的人變得熱鬧起來。雖然我最近沒去，但念小學的時候，沒有回鄉下時，我總是會跟朋友一起來。

在上國中以前六年級的寒假，我也跟由梨子一起來過。我還清楚記得那天的事。當天回家的路上，我們就跟先前吵架那時候一樣去了一下超商，我從由梨子口中聽說上國中以後要放棄踢足球的事。

「我想先跟健一你講一聲。」當時由梨子說。

「那女子足球隊之類的呢？不是有那種東西嗎？」

因為覺得很可惜我便那樣說，但當時由梨子搖了搖頭。

「不。要找實在太麻煩了。要是有適合的地方我或許會加入……況且我原本就覺得，大概踢足球只會踢到小學畢業吧。」

「這樣啊。」我說。

由梨子在我待的隊伍經常得分，甚至可以說是王牌。不過在六年級的這一年以來，她的得分數逐漸減少，擅長的用速度甩開對手的那種踢法也很少見到了。並不是她技巧變差或是動作變遲緩。而是因為這個時期，包含我在內，周遭男生的體能和技巧開始急速增長。

那之後可能是心境有所變化吧，她在念國二的途中，我的父親去世了，過了不久，她就成為足球社的經理，變成像現在這樣，偶爾也會參加練習。那時我打從心底鬆了一口氣。

跟那時候一樣。

那時候我跟由梨子漸行漸遠之際，在我的心中雖然沒有自覺到能明確以言語形容，但我確實感到了寂寞。

☆　☆　☆

晚上里奈跟媽媽兩個人一邊喝茶一邊看除夕的電視節目，我則是早早回到房間上床休息。

隔天早上我因為手機的鬧鐘醒來，螢幕上顯示的陽曆數字換了一年。連同那看不習慣的數字感到的些許不協調，就是最初能實際感受到的，過了個年這件事。

我只把亂翹的頭髮弄直，就直接穿著居家服的長運動褲跟連帽外衣下到一樓，電視機正響起喧鬧聲，媽媽站在廚房做年糕湯給我們吃。

「早安。要吃年糕湯嗎？」

「嗯。謝了。」

電視上播放的過年特別節目熱鬧的聲音，與葉片式電暖器的聲響，營造出暖房溫暖的氣息。

我心不在焉地想著應該是由梨子家給的年糕吧，同時品嚐著放入煮得黏糊糊的年糕和香菇的年糕湯，不久之後，里奈也以一襲在粉彩的居家服上套了件深紅色開襟衫的模樣下了樓。先是聽見下樓的腳步聲，隨之又從盥洗室傳來吹風機的聲響。那之後又過了一下子，進入客廳的里奈說了聲「新年快樂」。

她也進入暖桌裡開始吃起年糕湯。吃完之後她跟媽媽一起喝茶，同時觀看熱鬧的電視節目，或是啪啪啪地翻看放在桌子上新年特賣會的傳單。

我再次上樓進房坐在椅子上，從書架上拿出前陣子開始看的書翻動書頁。看累了就放下書本望向窗外。今天是個晴空萬里的日子。水藍色的天空下飄著像是被扯開拉長的棉花那般薄薄的雲彩。能隱隱約約聽見樓下傳來里奈跟媽媽的對話聲和腳步聲。

過了中午我換上牛仔褲，毛衣上頭再穿件牛角釦大衣。下樓的時候，跟碰巧從一樓自己房間出來的媽媽撞個正著。

「你要去哪兒？」

「我去一下神社。」

「跟里奈去？」

「倒不是。」

我回答之後，便聽見里奈的拖鞋啪啪作響下樓的聲音。她穿著白色迷你裙、膝上襪和毛衣，手上拿著圍巾與大衣，似乎是準備要出門。

「她似乎也要去新年參拜，我還以為你們是要一起去。」媽媽說著走進了客廳裡。

「妳接下來要去嗎？」

我開口一問，里奈便點點頭。

「我跟愛子約好碰面了。如果可以的話，我們一起去吧？稍微等我一下，我很快就整理好頭髮。」

「不，我要先走一步了。」

「這樣啊。」

我在玄關穿上鞋，里奈則拿著有如大型錢包的小包包，進入盥洗室。

我打開門到了外頭。

儘管有出太陽，但是空氣乾燥天氣相當寒冷。在新年參拜這個時期，神社附近人很多，要停腳踏車很麻煩，於是我決定走路。

在住宅區裡一整排的家家戶戶都立起門松（註：日本於新年期間裝飾於家門玄關兩側成對的竹子與松樹，有「迎神」的含意）做新年的裝飾。也有人仍舊掛著聖誕節使用的燈飾。

隨著更加接近神社，人潮也多了起來。氣溫相當寒冷，大家都穿得很厚重。神社前方的道路盡是黑色或咖啡色的深色系大衣。

星野同學站在鳥居前。她穿著膝上襪搭迷你裙還有丹寧夾克，一個人很冷似的站在那裡。

「星野同學。」我向她搭話。

「啊，坂本同學。新年快樂。」

她說著稍微行了個禮。

「里奈有跟你一起來嗎？」

「啊，不……我是因為有其他事情而來的——和泉她再過一下就會來了喔。」

如果在這裡直呼其名叫里奈，好像又得做冗長的解釋不可，所以我唯獨這時候用回以前的叫法「和泉」。

「這樣啊。」星野同學說道。

我爬上石梯進入神社境內。夏天甚至飄出青草味、生長茂盛的植物已經枯萎了，在陰暗的天空下，聳立著許多冷冰冰又光禿禿的樹木。枯葉掉落到一段段石梯的角落。

念六年級的時候，我跟由梨子也是在這個時段來的。我走進境內的人群，在拜殿前排隊，並且尋找在周遭人們當中有沒有她的身影。

我從神社境內的石梯之上，比起四周略高的地方眺望附近的模樣。四周的道路上也有路邊攤擺攤，有很多人因此很熱鬧。

我望著灰白色的城市呼了口氣。我獨自一人一邊回想往事一邊漫步，最近一直縈繞在我心底的情感，就像膨脹開來那樣變大。我呼出的白色氣息，隨即融入冰冷的空氣之中。

——回去吧。

我如此心想。雖說是跟五年前同一時段來的，但怎麼可能現在會在這裡跟由梨子見上面。而且即使見上面，現在氣氛還是那麼尷尬，突然之間該說什麼才好？反正新年假期過去，社團活動開始的話，就會再見面了。

我正要轉過身去，接著在這時候，在視野一角，總覺得看見了個跟由梨子相似的人影。我停下腳步，再一次望向人群所在的方向。

那個人影圍著她經常圍的白色圍巾，穿著咖啡色大衣。不過因為很遠，五官沒辦法看得清楚。我想要去那個地方，便邁開腳步前往石梯的方向。跟著就在這時候——「健一。」我聽見有人不知從哪裡在跟我搭話。我環視四周，發現星野同學跟里奈站在我身後。

「里奈……」

「有好多人呢。」里奈悠然道。

「嗯……」

我點點頭，隨後里奈笑瞇瞇地繼續說道：「健一，你有抽籤了嗎？」星野同學也愉快地續言道：「里奈抽中大吉喔。」

「——那個，我現在正在找人……」

「喔，這樣啊。」里奈道。

「對不起，晚點見了。」

我從那裡走了出去。

我下了石梯，前往她所在的地方。排在路上的路邊攤讓道路變窄，還有很多人止步不前，即使稍微走點路也得花費時間。即使在那條路走上一陣子，也沒看見她的身影。然後我再一次前往神社境內那邊，里奈和星野同學正好下了石梯。

「啊，是坂本同學。」星野同學看著我說道。

「你事情忙完了嗎？」里奈也跟著問。

「不……還沒有。」

聽我那樣講她便歪了歪頭。

「你沒事吧？」

「……嗯。不過就算不是今天也無所謂。我也要回去了。」

「是嗎？」里奈用無法理解的表情說道。星野同學也似乎很疑惑，從離我和里奈有些距離的地方看著我們的互動。

我說了聲「走吧」，里奈轉身回望星野同學的方向也說了聲，然後踏步向前。我在向前走之前，再一次回頭望向身後。在樓梯上上下下的人群之中，果然沒有她的身影。

☆☆☆

跟星野同學分別之後，我跟里奈走在人煙稀少的地方。

話說回來，我們兩人很久沒有一起肩並肩走路了呢。里奈的短靴發出喀喀的腳步聲。她吐出的氣息變成白色的。

「健一你……」里奈開口。

「是想跟朋友見面嗎？」

「——嗯。」

「是森同學？」

里奈繼續說下去，我點了點頭。

「聯絡不上嗎？」

「因為發生了很多事，所以吵架了……我想說如果是那裡，她有可能會來。」

「原來是那樣啊。」里奈低聲道。跟著——

「……如果是因為我而吵架的話，對不起。」

她低下頭那樣說道。我不禁對於是不是自己有用那種語氣說話感到不安。里奈馬上就要回自己的家了，我不想讓她有多餘的擔憂。我希望對里奈而言，在這個城市的回憶都是美好的。

「不是的，跟里奈妳沒關係喔。」

聽我那樣說，「嗯……」隨後里奈含糊地點了點頭。

在那之後我們兩人默默不語又走了一陣子。我們兩人的腳步聲，在淺藍色的天空下響起。冷風吹過，里奈的圍巾和裙襬隨風飄揚出現在我視野一角。

忽然之間里奈面向我。接著這麼說：

「如果將來森同學跟健一你交往的話，要告訴我喔。」

「……咦？」

我完全想像不出她會對我說這種話。我花了點時間才明白里奈所說的話。

「是這樣沒錯吧？」

「嗯……是這樣沒錯……」

接著里奈笑嘻嘻地像在捉弄人那樣笑了。

隨後她把側揹在肩上的包包拉到身體前面，把手放進裡頭翻找一番以後，說了聲「這給你」，將小小的白色紙袋遞給我。

「這什麼？」

「送給你。」

「？謝謝……」

我接了過來朝裡頭一看，是寫著「闔家平安」的護身符。

有類似說明書的內容，上頭寫著「家人不會遭遇疾病或意外，能夠平平安安」。看到那些，我的心中有種暖暖的感覺。

「謝謝妳。」我再一次說。

「不客氣。今天一整年也要好好保重喔。」

「嗯。里奈妳也是。」

我將收到的護身符收進口袋裡那樣回答。

下午的夕陽開始泛紅，冬日微弱柔和的陽光，讓里奈的白大衣看上去微微泛黃。

我們一起進了家裡，里奈坐在橫框上脫掉短靴，留下要去放隨身物品跟上衣這句話之後，就上了二樓。

我在廚房想喝點茶，於是燒了開水。接著因為進入暖桌打開筆電的媽媽，對我說「順便也幫我泡咖啡」，因此包括先回房的里奈那份在內，我燒了三人份的開水。不久後里奈出現在客廳裡，媽媽說了聲「歡迎回來」，里奈則回了句「我回來了」。她的臉蛋和耳朵泛紅，似乎是室外的寒冷留下的痕跡。

「里奈妳也要喝咖啡嗎？」我泡媽媽那杯咖啡時開口問道。

「嗯。可以麻煩你嗎？」里奈也點了頭，因此我拿出她用的馬克杯，泡了濾掛式咖啡。

我對坐在餐桌前的里奈說了聲「請用」並將馬克杯放下。說著「謝謝」接了過去的里奈，放進牛奶和砂糖攪拌，隨後進了暖桌。之後也將護身符遞給了媽媽。

我拿著裝咖啡的馬克杯回到房間，將她給的護身符珍惜地收進抽屜裡頭。

☆ ☆ ☆

好幾個空瓦楞紙箱排放在地板上。

過完年之後兩天。

里奈要回自己家的前一天，我幫忙里奈整理行李。我跟里奈分工將參考書、在這裡買的鬧鐘、小地毯和靠墊等等小東西塞進瓦楞紙箱裡。

我們從下午開始進行作業，在太陽開始下山之際結束。雖然書桌和椅子還是擺在原位，但東西變少了，給人一種徹底空蕩蕩的印象。行李明天會送到里奈的家裡。

我坐在地上，里奈坐在書桌椅上。書桌上沒有書本、筆記用具和檯燈，只放著芳香劑而已。

我察覺周遭漸漸暗了下來，窗外的光芒開始泛起淡淡的紅色。這個房間裡，不知不覺影子也開始變深。矗立在附近的電線桿上頭的金屬的一個小點，反射出銳利強烈的光線衝著我來。

「謝謝你幫我的忙。」里奈說道。

「不。我只能做這點小事罷了。」

我那樣回答，我們兩人都噤口不語，沉默降臨。房間裡的影子擴散開來。太陽緩緩沉沒。房裡唯獨充滿我們的氣息，里奈挪動身體衣物摩擦的聲音默默響起。

「明天我會送妳到車站。一直以來謝謝妳了。我也受到妳很多正面的影響。」

我出聲道。里奈把手放在膝上襪上頭的迷你裙邊緣附近，搖了搖頭。

「哪裡，我才覺得能遇見伯母、健一你還有隆一哥真是太好了。是很棒的一段時光。」

「如果真是那樣，我也很高興。」

里奈嗯了一聲面露微笑。然後站起來拉了燈的開關繩子。幾次閃爍之後，點亮了日光燈的照明。那白光吞噬了房間裡的陰影，里奈的身影明確顯現出來。

「在這裡也交到了朋友。」

里奈再次坐在椅子上說。

「——妳是指由梨子？」

「嗯。昨天也一起玩了。」

「咦？」我發出了聲音。

「是那樣嗎？」

這麼說來，昨天從下午到傍晚她都出門去了。我沒想到她居然是去跟由梨子見面。里奈點點頭繼續說下去。

「我們一起在這附近散步，在咖啡廳喝了茶。」

「妳跟由梨子聊了什麼？」

「會覺得寂寞還有今後也要好好相處之類的。」

「就這樣?沒有其他的嗎?」

我開口詢問,里奈便露出似乎頗感為難的苦笑道。

「唔~那我就只說一個,就是健一你優柔寡斷真讓人傷腦筋。」

「咦,那什麼意思?」

「開玩笑的。」

「是玩笑話嗎?」

「騙你的。」

「到底是怎樣?」

里奈露出燦爛的微笑。回想起來,以前也有過這種被岔開話題感到煩悶的事。就是梅雨季那時,由梨子和里奈初次見面的時候。話說回來結果我也沒問出當時她們兩人對話的內容。

「你很在意嗎?」

「……也沒有。」

因為遭到捉弄感到生氣,我便那樣回答。我心想因為她似乎很高興,至少應該不是會讓里奈覺得不開心的內容吧,只要知道那些就足夠了。

「請你努力讓森同學感到安心。」里奈泛起看似挖苦卻很溫柔的笑容說道。

「……嗯。都怪我，讓她有點在鬧彆扭——我差不多該回房了。」

「我知道了，我也正想說要下樓去客廳。」

我們兩人離開變冷的房間，在關上門以前，里奈關掉了電燈開關。

晚上就像她剛來那時一樣，媽媽在超市買了許多小菜，大家一起吃。

「回去以後也要好好保重喔。」媽媽在晚餐席間說。

「好。一直到現在真的很謝謝您。」

里奈輕輕地對媽媽點了下頭。

「要是發生什麼事就叫我來吧。無論伯母生病或是難受的時候，我都會立刻趕來的。」

里奈在說話的途中聲音顫抖，揉了眼睛好幾次。媽媽用溫柔的眼神望著里奈。

「謝謝妳。我也是因為自己的兩個孩子都很難搞，很高興能跟像里奈妳這種坦率的女孩相處融洽。雖然明天就得送妳回去了……妳隨時都可以來玩喔。我會整理好讓妳能來過夜。這個家，就我跟健一兩個人住實在太大了，我會寂寞的。」

「好的，我會再來見您的。」里奈揉著眼睛應道。

晚餐過後，我們輪流去洗澡，大家暫且待在客廳裡。最後的一晚也一如既往地夜深了。

晚餐那時似乎哭了的里奈，洗好澡以後又回到往常的狀態。她跟媽媽照常在暖桌裡聊天。

我做完上床睡覺的準備以後，就暫且在客廳裡和里奈、媽媽一起過。我從自己房間把看到一半的書拿了過來，喝著暖呼呼的茶，偶爾回答她們倆丟過來的話題，坐在餐桌椅上閱讀。

稍後接近換日的時刻，隔天也有工作的媽媽先回自己房裡了。

「晚安，里奈。」

「嗯，晚安。」

里奈那樣應答。電視機已經關了。一變成兩人獨處，深夜的沉默便降臨了。隨後里奈開口道：「剛來到這個家的時候，我有點怕。」

「也是啦。」我回答。

如果立場相反，我也會有那種想法。居然要在陌生的城市，幾乎素不相識的親戚家中住半年，肯定會感到不安。

「我想告訴當時的自己，這半年很愉快喔。」

里奈那樣說著，從暖桌裡出來。

「我也差不多該睡了。」

「嗯。我也是，我要回房了。」

我站了起來，熄掉葉片式電暖器的暖氣。里奈切掉暖桌的開關，關掉電源。在上二樓的時候，里奈將手放在自己的門把上。

「晚安。」里奈道。

「嗯。晚安。」

我也一如往常地那樣回答，跟著進入自己的房間。沒有開燈直接躺上床。鑽進被窩，我在黑暗之中回憶里奈剛來的那天晚上的事。

當時我還在想將來會變成怎樣。那種不安和不知所措，現在有種懷念的感覺。

當時的里奈，對我來說是外人。我曾想跟里奈之間保持那樣陌生人互不妨礙的關係，度過這半年。沒想到我會跟當時抓不準彼此距離感的和泉里奈，變成這種關係。

我跟里奈曾經生活在東京的市中心和東京郊外如此接近的地方，而且有血緣關係，卻從來不曾見過面，一直生活到現在。明天里奈回去之後，我們就會回歸原本的生活。

不過我們已經不是外人了。我想將來也會有許多跟她見面的機會吧。然後到那時候，我們應該就能像世上的親戚所做的那樣，聊聊彼此的近況。在不遠的地方，有個跟自己一起長大的人，這讓人有種相當踏實的感覺。

☆　☆　☆

隔天里奈要回東京的那天，下著猶如梅雨季節那樣的細雨。

早上十點我在客廳等，里奈她揹著後背包，拿著行李箱下到一樓。

「都好了嗎？」

「嗯。」她點點頭。

「那我們走吧。」

說完我走向玄關。我先穿上運動鞋，隨後里奈將行李箱放在脫鞋處，脫掉拖鞋穿上靴子。

我打開了玄關的門，冰冷的金屬發出了喀嚓一聲。空中的雨層雲變得越來越大，空氣中帶著潮濕的氣味。

里奈跨出一步離開了家。

「這些日子叨擾了。」

她說著回頭望向房子，打開了紅傘。

種植著正在落葉的繡球花等等的庭院地面上，接觸到雨水變得濕潤染成咖啡色。

我打開庭院前方，大約胸口高度的外門，到了家外面。

從這裡到公車站大約五分鐘。搭公車上學的里奈，這是她幾乎每天都要走的路。

我拿著塑膠傘，里奈單手拿著紅傘，另一手拿著行李箱的握把向前走。周遭沒什麼人，只有雨聲跟她的咖啡色靴子發出的聲音響起。

我們兩人並排站在公車站，很快地就聽見公車隨著排氣聲抵達了。

進到車內，有個雙人座位沒人坐，我讓里奈坐在裡頭的位子，她頷首並將行李箱擺著，把後背包放在大腿上抱著坐下。

車裡的暖氣很溫暖。窗戶上附著許多水滴，窗內則是模模糊糊一片朦朧。

我們之間幾乎沒有對話，里奈一直眺望著窗外。

大約二十分鐘後，我們抵達了車站前。我說了聲「我拿吧」，拿著里奈的行李箱先下了公車打開塑膠傘。從公車站到車站沒有屋頂，所以必須撐傘走上幾步路。里奈也在我之後下車了，她打開了紅色雨傘。

「謝謝。」里奈看著行李箱伸出了手。

「幫妳搬到剪票口吧。」我回答道。

「嗯……」里奈說，隨後收回了手。

不久後進到屋頂下，我們兩人收起了傘，車站內人們往來的聲音、電車的廣播等等，匆匆忙忙地響著。

我們搭乘手扶梯登上剪票口。車站內由於行人濕掉的傘和鞋子，鋪磁磚的地板上都濕答答的。我們行經售票機前方，里奈從口袋裡拿出ＩＣ卡。然後我們在離剪票口有些距離的地方停下了腳步。

我跟里奈互相對視。

她說了句「謝謝」，接著伸出了手。我將里奈的紅色行李箱遞給了她。

我們兩人就這樣面對面，好一陣子默默不語。

……在見到里奈的那一天，我從沒想到總有一天竟會感到如此寂寞。

我瞧向電子告示板，到下一輛電車來為止還有五分鐘。

「這半年以來，真的很感謝你。」里奈忽然說道。每當聽到她的聲音之際，別離的寂寞就會像從心底直往上竄那般襲來。

「要是有什麼事就通知我吧。雖然我想應該沒有需要我幫忙的事，但要是有什麼能幫上里奈妳們的事，我會立刻趕去的。」

「嗯。要是健一或伯母有什麼事，我也會立刻趕去那個家的。」

到下一班電車來為止，還有三分鐘。

我已經決定要用笑容面對這場離別。因為這完全不是悲傷的離別。

「那麼，再見了。」

里奈面露十分開朗而溫柔的笑容，向我揮揮手，朝著剪票口走了出去。

「再見。」我也回應了她。

儘管想要露出笑容，但卻無法馬上就順利笑出來。很長一段時間，我都不曾幹過假笑這種事。我把嘴角硬往上扯擺出笑容揮了揮手。

我不知道看在她的眼中是什麼樣子，但里奈望了我一眼，也露出燦爛的笑容，小小的手在她的臉蛋旁邊揮動。

里奈的身影，消失在剪票口的另一頭，混入前往月台的人潮之中。隨著她搭乘的手扶梯下降，再也看不見她圓圓的頭了。

我的心中百感交集。

一旦過去了，便發現跟她一起生活的這半年，不過是轉瞬之間。

下著梅雨的那一天，在人潮之中見到忽然出現的里奈的臉龐，彷彿是昨天剛發生的事。

並非再也不能見面，大約一小時左右就能從這裡到里奈家。若是想見面很快就能見上面。透過電話或是網路也馬上就能有所交流。但是回家以後，里奈便已不在那個房間了。

寂寞在胸中擴散。她回到自己的家。伯母順利從國外回來，母女又能在一起生活，對她而言是件很棒的事。

不能被這種感情吞沒。這辛苦的半年能順利過完，真是太好了，就抱著這種想法回家吧。

回程我一個人搭上公車回家。在公車搖搖晃晃的期間，我眺望外頭的風景。與不久前見過的相同風景漸漸流逝。我閉上雙眼，並且祈禱她今後也能充滿活力地、幸福地度過每一天。那樣的情感自然而然地湧現出來。

隨後我口袋裡的手機震動起來。一看螢幕，是里奈傳來的社群軟體的訊息，還附了張照片。是在冬季第一次下大雨的那天，在家裡拍下的照片。我跟里奈在沙發前的暖桌一起坐著。

我一臉驚訝不知所措的表情，里奈則是一副像在惡作劇那樣的神情。

——我跟里奈原來是這種感覺。

以照片的形式，我第一次得以客觀地審視我們在一起的時候。

不同於戀人，也不是兄妹。但在不短的時間內一起生活。那張照片表現出了我們之間的親近。

『說起來前陣子的照片，還沒寄給你。多了像是家人一般的人們，我很高興。』

上頭寫著這樣的訊息。我一看見便揚起了嘴角。

『多保重。』

我也簡短地回了訊息。

抵達最近的公車站，到家為止的這段路程，我撐著塑膠傘一個人走。

一進到家裡，雖說是理所當然的事，但她至今存在於家裡的氣息消失了。在昏暗的家中，雨聲淅瀝淅瀝地靜靜響著。

我爬上二樓，里奈待過的房間的門半掩著。從那縫隙間看見的咖啡色木質地板，讓壓下的寂寞之情在心底隱隱作痛。

我想這種好像少了些什麼的心情應該好一陣子不會消失吧。我悄悄關上里奈房間的門，回到了自己的房間。

我跟里奈半年之間的同居生活，就這麼結束了。

☆　☆　☆

里奈回家後過了幾天。家裡還濃濃地殘留著里奈不在的感覺。

早上起床下樓到客廳的時候、吃晚餐的時候、洗衣服的量、外出回來時在玄關映入眼簾的鞋子數量、晚上待在房裡的時候，透過牆壁傳來的家裡的氣氛。

就跟半年前一樣，如今我也感受到一種不協調感。只不過隨著時間經過，不久後那也會逐漸變得淡薄吧。

即使家裡的氣氛跟生活變了，我在學校和社團的生活也沒有任何變化。

這天我相隔一個星期看見由梨子的身影。

我到了操場就看見由梨子穿著運動服，把頭髮綁成馬尾坐在板凳上。她的身影依舊存在這件事，不知為何令我感到安心。

「由梨子。」

我出聲呼喚，她便回我一張臭臉。因為我擔心會不會遭到她的忽視，所以就算她回過頭的表情很嚴肅，我還是鬆了口氣。

「好久不見了。」

我那麼一說，她只短短地應了一聲嗯。態度果然還是很沖。不過我總覺得比起年底那時，氣氛似乎變得比較好說話了。我思考著社團結束後，想再一次試著跟由梨子搭話，做完熱身我正想進入球場裡。「學長，借一步說話。」跟著這時候，身後有人向我搭話。我回頭一看，橘站在那裡。

「幹嘛？」

「我有點話要說。大概很快就會結束了，跟我來一下。」她簡短說道。

看見她那副嚴肅的模樣，我有預感她可能是要說由梨子的事。我望向懸掛在校舍上的時鐘，距離開始練習的時間還有十五分鐘。橘快步走了出去，我也跟在她後頭舉步。

她離開操場繞到體育館後頭。旁邊是現在已經沒在使用的老舊焚化爐。這間高中有圍住腹地的圍籬，沿路種植著似乎是用來當成圍牆的常青樹。體育館的陰涼處即便在中午也顯得昏暗，沒有半點人煙。

橘停下了腳步，然後一直牢牢盯著我看，用似乎在生氣的表情說道：

「有人叫我要裝作不知情，不過我果然還是有點忍不住了。」

「……妳在說由梨子的事嗎？」

我那樣一問橘就點了頭。

「沒錯。我聽聞她年底跟坂本學長你吵架了。所以說大部分的事情我都知情——包括接了吻什麼的，很多事。」

我是認真問她的，不過她最後補充的話語，讓我不由得語塞。跟著她可能覺得我以為她在開玩笑，便生氣地說：「我不是為了講玩笑話才來的。」

「——我知道。抱歉。」

語畢，橘說了聲「真是的」，跟著緩緩說起。

「坂本學長你有想過，森學姊有多麼不安嗎？我在等待啟太的回應時也非常痛苦。會想著要是沒說就好了啦，想著說出那種事之後，會徹底破壞關係啦，感到非常後悔。雖然只有幾天，但那真的很難受。何況森學姊是幾個月。」

橘的話聲，最後聽起來在微微顫抖。

「學長你好冷酷。」

我回想至今的自己。半是自言自語那般說道。

「……確實我以往一直都是那樣也不一定。」

「你有其他喜歡的人嗎？森學姊就不行嗎？」

「不是那樣的。不過包含那些部分在內我也徹底釐清了，所以花了不少時間。我讓由梨子等太久了。」

「那你就立刻把那些話告訴她，我也會幫忙的，我會確實逮住森學姊，請你把話告訴她。」

☆　☆　☆

練習結束以後，我在鞋櫃區旁等她。穿著制服圍著圍巾的由梨子跟橘兩個人下了樓。

「由梨子，來一下。」我找她說話。

由梨子止步看向這邊。她用摻雜著手足無措的視線望著我。

「我有點話要說。我們一起回去吧。」

「……我不要。」

過了一會兒，她面向毫不相干的方向，用像個撒嬌的孩子那樣的聲音說道。

「不要啊……──那我請妳吃夏天吃過的那間店的可樂餅。」

我一瞬間想到就說了出口，由梨子似乎感到更加手足無措便說：

「什麼嘛，莫名其妙。」

可能是得到反效果了，她的口氣聽起來有點生氣。接著可能是覺得大事不妙，橘為了炒熱場子的氣氛，做出誇張的反應。

「哇，可樂餅！學姊，真是太好了呢！那麼我跟啟太還約在車站碰面呢，再見！你們不好好相處可不行喔！」

橘的視線瞥了我一下，就小跑步朝校門方向去了——這演技也太爛了……由梨子大概也看出她的企圖了。

「啊，明香里！」

被留下成為兩人獨處的由梨子，用微弱的語氣呼喚橘，隨後她盯著我看，說了句：「中計了呢。」

儘管相當冷淡，但由梨子似乎也打算一起回去了。與我相隔三個人的距離，由梨子和我一起走向停車場。

在回去的路上，我在夏天由梨子逗留過的肉舖，買了兩個可樂餅，其中一個依照約定給由梨子。由於附近有座小公園，我們就坐在那裡的長凳上。

雖然起初有過猶豫，但不久之後由梨子大口大口地吃了起來，很快就吞進肚子裡了。我還剩下三分之二個左右。

「……妳還要吃一半嗎？」

「……我可不是因為食物上鉤。是因為我生氣，還有肚子餓。」

由梨子儘管那樣說，卻將手伸了過來。我將剩下的部分用手掰開，將嘴巴沒有碰到的部分遞給由梨子。

由梨子吃下了它，呼了一口氣，將手放在肚皮上。

「那個，關於先前的事……」我拋出了話題。

「對不起，不管是我說明的方式，還是至今的舉止都很抱歉。」

由梨子重新面對我。輕輕吸了一口氣跟著開口道：

「我也要說對不起。那時候忽然就火大了，變得莫名其妙……似乎賭氣一次之後，就騎虎難下了呢。」

「不。」我搖搖頭。

「該道歉的是優柔寡斷的我。由梨子妳如果不嫌棄，就聽聽那個時候的我的回答吧。」

話聲剛落，由梨子就嚇了一跳，身體抖了一下。然後像在窺視一般看著我的雙眼問道。

「健一你覺得像是和泉同學那樣的女孩比較好吧。我跟她完全不一樣，也沒辦法那麼可愛……而且我不想再回到跟以往一樣。」

「不是那樣。」

我再次搖搖頭。跟著又吸了一口氣說：

「我喜歡的是由梨子妳。」

由梨子很驚訝似的依然望向我這邊，沉默了好一會兒。不過當她移開視線之際，就像在自言自語般說了聲。

「……那句話，可以相信嗎？」

我不經意想起那個打雷下雨的日子。當時的由梨子也是覺得這麼不安、這麼丟臉、這麼害怕嗎？肯定沒錯。我一直讓她有那樣的想法。我的腦中縈繞著焦躁與後悔，先前考慮過的所有話語全都飛到九霄雲外，腦袋一片空白，我想著總之現在非得用言語將我的心意表達出來，於是開了口。

「要是不相信的話，我們可以現在就去由梨子妳家，跟妳家的人說我喜歡妳，所以想跟妳交往。」

言畢，由梨子輕輕「咦」了一聲，似乎感到出乎意料。接著在短暫的沉默過後，她輕笑出聲然後說：

「等等，不要吧，這樣很丟臉耶。為什麼這時候會提到我的家人啊？」

她用瞇細的雙眼望著我直言不諱。

「嗚。」

我不由自主地語塞。話題的發展朝著我沒想到的方向去了。我連覺得丟臉的餘力都沒有就說出口，但看樣子我白費功夫了，當我一察覺到那一點，臉就開始發燙。

「搞砸了啊。」我低頭心想，隨後聽見由梨子竊笑的聲音。

看到發笑的由梨子——「……我是認真的。」雖然有點無力，我還是又說了一次，由梨子則用帶著笑聲的聲音說：「真的好好笑。我們空轉一場了呢。」

隨後由梨子整理裙襬，在長凳上重新坐好，重新面向我說：

「你要是再注意其他女孩子，我就立刻在媽媽他們面前對你公開處決。」

聽到那句話，我抬起了頭瞧向她。雖然由梨子一副在生氣的神情，但是視線相交時，她輕輕點了頭。我也用點頭回應。

「嗯。要煮要烤都隨便妳。」

「那就把你烤得金黃酥脆。」

由梨子說完帶著一點顧忌，用她的雙手纏上我的左手。臉龐貼近我，彼此的太陽穴附近撞在一起，發出「叩」的一聲。我能感受到由梨子的呼吸。公園裡沒有其他人，附近的道路上也沒感覺到有人。

由梨子就這樣把臉往下移，她的呼吸觸及我的嘴巴附近，隨即唇瓣與唇瓣互相接觸。微熱又柔軟光滑的觸感，剎那間將我的意識染成一片空白。這種觸感我知道。不過跟那個雷雨天不同，

碰觸的方式更加溫柔。

之後我們不知道是誰一下子離開了對方的臉，回到原來的位置上。然後也鬆開了手，將雙手放在大腿上。

好一陣子，我們什麼話都沒說。實在不知道該說什麼話才好。兩個人都一味直直望著前方。我們一言不發，只有時間靜靜流逝。

許許多多行經公園前方的道路的車輛車前燈，不斷流逝而過。在嘴唇互觸以後，心跳猶如警鐘那樣狂敲，不過那也漸漸平靜下來了。跟著由梨子嘟噥了句。

「這半年來，健一變得溫柔多了呢。」

「……那話是什麼意思啊。」

「應該就是所謂的待人處事吧。你以前一直是個有點冷淡又冷漠的傢伙，但最近的健一在許多事情上都讓人有種坦率地努力的感覺，比起以前要好多了。」

由梨子那樣說道，彷彿觀察了我一下之後繼續說：

「如果不是那樣，我或許不會等這麼久。說不定真的會討厭你。所以那一陣子，我也有點感謝和泉同學。」

她那樣說完，最後——我本來以為她追走你了，由梨子小聲地說。

「抱歉。」

道歉過後，由梨子又回到以往的強硬態度。

「……接下來要好好彌補我等待的這段期間喔。我一直在考慮如果交往的話想做些什麼，我有很多想去的地方、想做的事。」

「嗯……不過我們今年不是要準備大考嗎？」

「不要突然講那麼現實的事啊……糟糕，馬上就要考模擬考了……都是因為某人的關係，最近靜不下心念書，真是鬱悶……」

「……抱歉。」

「真是的。」由梨子板著臉說道。

這附近已經徹底暗下來了。路燈的白光看起來像是光球。因為一直坐著，身體變得很冷。

「好冷喔。」由梨子說道。

「嗯。差不多該回去了吧。」

由梨子嗯一聲點了下頭，站了起來。

「把手給我。」

由梨子伸出了手。雖然距離停腳踏車的地方距離並不遠，但我牽起了那隻手，已經變得相當冰涼了。直到離開公園為止，我們都一起手牽手向前走。

雖然我們長時間都在一起，但說不定今天還是第一次牽手，回家的路上，直到把由梨子送回她家之後，我那樣心想。

Epilogue 過了十七歲

進入新的年度，經過了兩個星期左右。今天是我發生了許多事情的十七歲，最後的一天。

這天我一從學校回家，在玄關就覺得不太對勁。心裡想著不會吧，不過玄關確實有里奈的鞋子。家裡的氣氛也覺得有哪裡不太一樣。進到客廳之後果不其然看見了她的身影。

「歡迎回來。」

她跟罕見很早回來的媽媽一起，隔著餐桌彼此面對面坐著。

「里奈……妳為什麼會在家裡？」

「我稍早之前，就跟阿姨還有森同學計劃好，今天要在這裡吃飯——雖然早了一天，不過恭喜你滿十八歲。」

「謝、謝謝……」

我驚訝過度，連話都說不好。總之剛參加完社團的我去沖了個澡，回到房間換好衣服。

回到客廳之際，里奈跟媽媽依然在一邊聊天一邊喝茶。過完年後過了三個月，跟里奈一起生

活當時的記憶漸漸疏遠，不過在這客廳裡，那半年間的氣氛又再次復甦。

「健一你也要喝茶嗎？」里奈問道。

「啊，嗯……」

我點點頭，里奈一副熟練的樣子從食物櫃裡拿出馬克杯替我泡了茶。我實在是感覺一團亂，即使如此還是三個人一起待在客廳裡，然後對講機響了。

里奈去應門，接著由梨子跟哥哥進入家裡。由梨子穿著灰色膝上襪搭黑色迷你裙，藍色毛衣上頭套著一件米色開襟衫。

「唷，健一。好久不見了。」

哥哥穿著牛仔褲和緊身夾克，輕浮地向我打了個招呼。話說回來，這幾個月以來，我一次都沒見過哥哥。

「連阿隆都來了。」

「嗯，我事先聯絡了他。」里奈笑瞇瞇地說道。

里奈跟媽媽坐在餐桌，我、由梨子跟哥哥在先前放暖桌的地方拿出圓桌坐在那裡吃晚餐。好久不見的哥哥，在我開口說明以前，似乎立刻就看穿我跟由梨子在交往。「下次告訴我你們的事吧。」他一臉很感興趣的樣子對我說。

我們五個人就這樣度過熱鬧的時光。幾個月以來一直都很安靜的家裡，今天宛如是另一個家。

不久後，過了晚上十點，由梨子跟哥哥回家了。因為明天是假日，所以里奈要在家裡住一個晚上。

我決定送由梨子回她家。等她整裝完成，我們就一起出門了。

我們兩人走在路燈的白光閃爍照亮的黑暗道路上。春日夜晚的街道很安靜。寒冷已經緩和下來，晚上的空氣也柔和又暖和。

我們手牽手行走的期間沒說什麼話。參加社團又在家裡玩，由梨子可能也有點累了。附近唯有腳步聲響起。在接近她家的時候——

「嚇到了嗎？」

「嗯。」我點點頭。

「一回家突然就看見里奈在。我還以為發生什麼事了。」

聽我那樣說，由梨子輕笑了下。

「我跟和泉同學用訊息來往，後來就聊到久違地想見個面呢。正好健一你的生日快到了，於是就決定這樣做了。」

我「唔～」了一聲。然後提出有點難以啟齒的話題。

「關於里奈今天要在家裡過夜的事。該怎麼說，可以嗎？」

隨後由梨子發出「唔～」的低吟聲。

「如果要說真心話，我的心情是有點五味雜陳。」她說著露出了苦笑。

「不過嘛，也有種『都到這時候了』的感覺呢。和泉同學她似乎也想跟阿姨和隆一見面。再說健一的親戚對我來說也很有可能會成為那種關係，所以也不可能對她太過冷淡……」

她最後的話說得含糊不清。

「啥？」

我一反問，由梨子便說：「總之今天時間也很晚了，這也沒辦法。但我可不是一直都會答應喔。」接著把頭偏向其他方向。

「我知道了。那種事我也會注意。」說完以後，由梨子依舊板著臉點了點頭說：「那就好。」

稍後到了由梨子的家門前。由梨子打開門，跟著重新面向我。

「謝謝你送我到這裡。明天見，碰面時可別遲到了。」

說完之後，由梨子揮揮手，她進入了發出溫暖光芒的自己家中。

我獨自一人原路折返回到家中，正好是媽媽在洗澡的時候，里奈坐在沙發上看電視。餐桌上已經收拾得整整齊齊。我坐在餐桌椅上，詢問里奈：「最近日子過得還好嗎？」

「託你的福，過得很如意。媽媽也依然很有精神。」

「那就好。」

「健一你呢？」

「我這邊也跟里奈妳在的時候沒什麼變化喔。雖然只有兩個人，還是有種家裡似乎太過安靜的感覺。」

「這樣啊。」

電視上正在播放新聞節目。在安靜的房間一隅，時針的指針緩緩轉動。

「健一你跟森同學好像很順利呢。」

「嗯。總算是沒吵架，正在交往中。」

「那太好了。明天你們兩人要一起出門吧？」

「嗯。」

「生日當天我不會打擾的，好好享受吧。」

里奈笑瞇瞇地說道。我則回了句「謝謝」。之後我喝著馬克杯裡剩下的茶，看了一會兒電視，不久之後，里奈打了個小小的呵欠。
「還好嗎？」我開口問道。里奈「啊」了一聲，很害羞似的遮住自己的小嘴說：
「嗯。不過我想也差不多該準備睡覺了吧。」
「我也想回樓上去，正好。」
我們關掉客廳的電燈，一起爬上樓梯。
「晚安。」我在進房以前說道。
「嗯，晚安。」和泉也露出微笑說道，她進入曾經使用了半年的房間。雖然小東西之類的，因為里奈帶回去顯得空蕩蕩，但不管是書桌椅子或棉被都還是維持原樣，所以睡覺應該沒問題吧。她在用餐時說了，明天約好要跟星野同學一起去這個城市的車站前玩。
里奈可能準備要睡覺了，我聽見衣櫥開開關關的低沉聲響。闊別許久感覺到從牆壁飄來的里奈的氣息，讓我回想起那半年的記憶。許許多多的回憶在腦中甦醒。里奈剛來那時內心感到動搖的事、雷雨天跟由梨子接吻的事、跟哥哥去海邊的事、和由梨子吵架那時的不安、跟她牽手之際手心的溫暖……
那是宛如再次體驗那些時光的濃厚記憶。或許那些記憶在今後的日常生活中，存在感會變得稀薄。不過同時我也覺得，在那十七歲的半年期間體會到的感情，會一直留在我的內心深處。

也差不多要到凌晨了。書桌上的電子鐘，顯示出二十三點五十九分。直到變成零點的這段期間，我一直注視著那個時鐘。

不久後，時鐘數字全數歸零。十七歲的日子結束，十八歲的一年開始了。

後記

好久不見，我是作者久遠侑。

這篇後記是在我結束作者校對的工作，總算是能達到順利出版，感到暫且放下心來的時間點寫下的。

這部作品，每當改寫的時候，因為是一個場景中文章細微的語感不同，就會造成整體的印象有大幅變化那樣的作品，因此我多次反覆嘗試錯誤。總覺得在我至今寫過的原稿當中，這部花在修改文章的時間也是最長的。

以青春小說開始動筆的這部作品，雖然有加入戀愛要素，但老實說我身為一名小說讀者，並不怎麼喜歡一般而言稱為戀愛小說的作品。如果說得更加準確一點，雖然多年以來我有幾部自己非常喜歡的作品，但另一方面，大多數的作品都不太對我的胃口。

我自己有試著考慮這究竟是為什麼？我猜想或許是因為不習慣某種程度上誇張的設計，讓戀愛此一要素在故事中帶來太過戲劇化的高潮，由於現實世界的複雜以及不合理，冷靜下來思考之後，會感覺故事意外寒酸，與戀愛也相差甚遠。或許我是覺得那種地方不對勁也不一定。

也是因為持有那樣的想法，這次的小說我想試著用跟日常生活有強烈連結感的形式，寫出角色和關係的變化，不致陷入過度的浪漫主義。

雖然在上一本的後記中也有寫過類似的事，然而描寫的方式卻因此非常耗神。我個人認為，所謂小說的描寫這種東西，是寫下身邊的事物、平常會忽略掉的細節之際，才能發揮其魅力所在。

雖然是有點露骨的例子，但比方說在第一人稱的小說之中，關於滾到腳邊的石頭要寫上十行的話，這時候描寫的不光是石頭的外觀，也要間接描寫出相當仔細注視腳邊石頭的視角人物對石頭強烈的關注，或者是（心理）狀態上的不尋常。

就像這樣，我認為小說的文章不光是直接層面上的意義，透過將內部包含的意義延伸出去，才能獲得原創的魅力。

總而言之，在讓故事發展不至於停滯的範圍內，我放進了很多這種設計，我強烈希望能帶給讀者有種自己也一起住在由梨子住的城市、里奈住的房子那種感覺的小說。倘若我這個嘗試成功，我會覺得很高興。

後記的空間也差不多要填滿了，以下我要來致謝。

插畫家和遙キナ老師，感謝您非常出色的插圖。以里奈和由梨子為首的角色，跟想像之中的契合到現在除了和遙老師的插圖以外不做他想的地步。每個角色各自的魅力自不在話下，像是很有真實感的衣服穿法或動作等等，我也非常喜歡細節部分營造出來的氣氛。感謝您將這部作品的世界觀，富有魅力地展現出來。

責任編輯N這次也是，包括行程表的設定和內容上的商討等等，在許多方面給了我支援。一直以來都非常感謝您。

以輕小說而言，我認為不管是題材也好、寫法也好，都應該算是少數類型的這部作品的第一集，欣然接受的人們超乎我想像得多，實在萬分感謝。因為有各位讀者的支持，這部作品才能再延續下去，寫出這一整本。我非常希望能不辜負大家的期待。

寫完一部小說之後，在我心中就會突顯出課題。我希望克服那些，比起前一部作品更加得心應手，一路寫到了現在。這次也成功到達得到那種手感的境地，對我來說是很重要的作品。我衷心希望各位讀者也能樂在其中。

會是跟本作相關的作品，又或者會是完全不同的作品尚在未定之天，讓我們在下一本小說再見面吧！

那麼後會有期！

久遠侑

附註

這部作品的外傳，目前分成由梨子篇與里奈篇兩篇，在「KAKUYOMU」這個小說投稿網站上刊登。還沒看過的人，請務必也看一看那些故事！

愛子
明香里
喵
17 years old
由梨子
里奈

Kadokawa Light Novels

與佐伯同學同住一個屋簷下 I'll have Sherbet 1～2 待續

Kadokawa Fantastic Novels

作者：九曜　插畫：フライ

冷靜同居人弓月同學將被佐伯同學攻陷!?
同居＆校園戀愛喜劇第二幕即將開演！

黃金週結束了，幸運的是，我——弓月恭嗣，與佐伯同學的分租生活，還沒被太多人發現。但佐伯同學即使在學校也是拚命與我拉近距離，還有雀同學緊盯著我的動向……不僅如此，就連寶龍同學最近不知怎地也開始故意招惹起佐伯同學——

各 **NT$240~270/HK$75~80**

台灣角川

Kadokawa Light Novels

青春豬頭少年不會夢到初戀美少女

Kadokawa Fantastic Novels

作者：鴨志田 一　插畫：溝口ケージ

咲太為了讓撐起現在與過去的重要人們
獲得幸福的未來，踏出腳步——

「咲太小弟，我啊，希望自己喜歡的人獲得幸福。」初戀對象翔子讓咲太懂得的溫柔。「我們兩人一起幸福吧。」現在的女友麻衣讓他學會的勇氣。高中二年級的冬天，咲太為了讓重要的人們獲得幸福，踏出腳步——邁向新未來的青春豬頭少年系列第七彈！

台灣角川

各 **NT$220~260/HK$68~78**

Kadokawa Light Novels

喜歡本大爺的竟然就妳一個？ 1~3 待續

Kadokawa Fantastic Novels

作者：駱駝　插畫：ブリキ

新登場的美少女轉學生突然說要為我效勞，
身為路人的我可是會徹底照單全收！

一個美少女轉學生迫切盼望能為我「效勞」。一般的戀愛喜劇主角遇到這種情形，通常都是窘迫地拒絕，但我會照單全收，走上正因為是路人才走得了的後宮路線！另外，難得換上真面目的Pansy和我大吵了一架……我做出覺悟，要對Pansy「表白」！

各 **NT$220~230/HK$68~70**

台灣角川

Kadokawa Light Novels

©Saika Karasugawa 2017

渣熊出沒！蜜糖女孩請注意！ 1~2待續

Kadokawa Fantastic Novels

作者：烏川さいか　插畫：シロガネヒナ

熊妹＆鮭魚少女登場，
久真的日常變得更加熱鬧！

夏季到來，久真整天都能跟在櫻身邊大肆享受頂級蜂蜜生活，不亦樂乎。然而，過去都住在熊之鄉的妹妹九舞出現，使他安樂的日常頓時瓦解。另外，一下水就會變鮭魚的少女圭登約久真出來密談，居然請求久真幫她在兩週後的游泳大賽前克服這種體質？

各 **NT$200~220/HK$60~68**

台灣角川

Kadokawa Light Novels

14歲與插畫家 1~2 待續

Kadokawa Fantastic Novels

作者：むらさきゆきや　插畫、企畫：溝口ケージ

總覺得像是什麼都再也畫不出來，
心情就跟沉入泥沼一樣——

職業插畫家京橋悠斗雖然獲得很高的評價，還是有畫不出來的時候。這時輕小說作家小倉來邀他去溫泉之旅，看來她似乎跟責任編輯吵架了。帶上十四歲的乃乃香，沒想到三人抵達的竟是家庭浴場！橫隔膜還做出讓人發出慘叫的超扯周邊，引發重大問題——!?

台灣角川

各 **NT$180~190/HK$55~58**

國家圖書館出版品預行編目資料

距離太近,關係太遠的十七歲 / 久遠侑作 ; 楊雅琪譯. -- 初版. -- 臺北市 : 臺灣角川, 2018.09
冊 ; 公分. -- (Kadokawa fantastic novels)
譯自 : 近すぎる彼らの、十七歳の遠い関係
ISBN 978-957-564-413-0(第1冊 : 平裝). --
ISBN 978-957-564-414-7(第2冊 : 平裝)

861.57 107011432

Kadokawa
Fantastic
Novels

距離太近，關係太遠的十七歲 2（完）

（原著名：近すぎる彼らの、十七歳の遠い関係 2）

2018年9月20日　初版第1刷發行

作　者：久遠侑
插　畫：和遥キナ
譯　者：楊雅琪

發行人：岩崎剛人
總經理：楊淑媄
資深總監：許嘉鴻
總編輯：蔡佩芬
編　輯：黃怡珮
美術設計：莊捷寧
印　務：李明修（主任）、黎宇凡、潘尚琪

發行所：台灣角川股份有限公司
地　址：105台北市光復北路11巷44號5樓
電　話：（02）2747-2433
傳　真：（02）2747-2558
網　址：http://www.kadokawa.com.tw
劃撥帳戶：台灣角川股份有限公司
劃撥帳號：19487412
法律顧問：有澤法律事務所
製　版：巨茂科技印刷有限公司
ISBN：978-957-564-414-7
香港代理：香港角川有限公司
地　址：香港新界葵涌興芳路223號
新都會廣場第2座17樓 1701-02A室
電　話：（852）3653-2888